遇見大師流淚

陳玉慧

美麗會崩潰，孤獨會歌唱，愛情會告別，
人生最美的夢如此悲傷……

Rainer Maria Rilke

Margaret Mitchell

Anais Nin

Marcel Proust

Herman Hesse

Guy Maupassant

Victor Hugo

Franz Kafka

Tennessee Williams

Romy Schneider

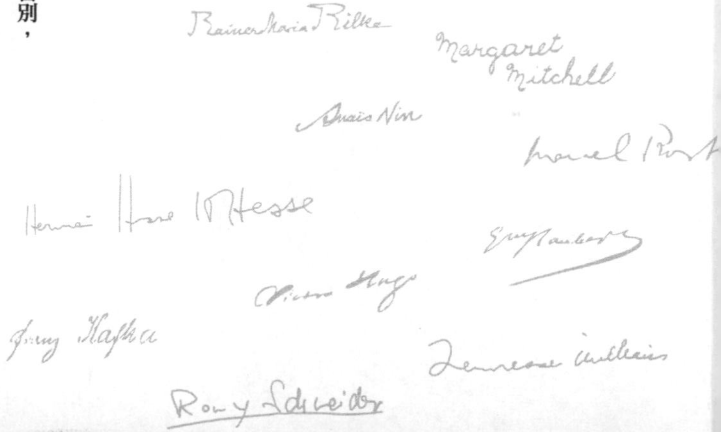

壹：

我不記得，我是否……——莎樂美

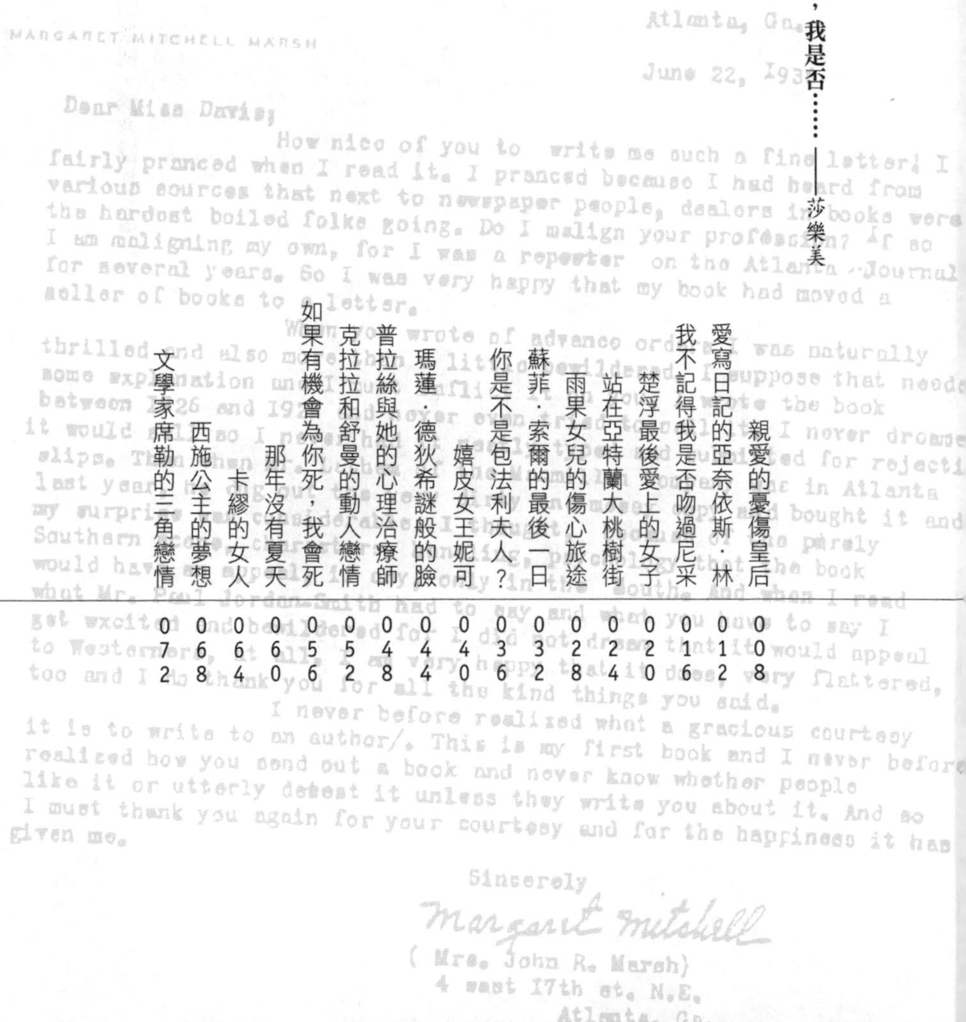
MARGARET MITCHELL MARSH

Atlanta, Ga.

June 22, 193[illegible]

Dear Miss Davis;

How nice of you to write me such a fine letter! I fairly pranced when I read it. I pranced because I had heard from various sources that next to newspaper people, dealers in books were the hardest boiled folks going. Do I malign your profession? If so I am maligning my own, for I was a reporter on the Atlanta Journal for several years. So I was very happy that my book had moved a seller of books to a letter.

When you wrote of advance orders I was naturally thrilled and also more than a little bewildered. I suppose that needs some explanation [illegible] between 1926 and 192[illegible] [illegible] it would [illegible] so I never [illegible] I never dreamed [illegible] slips. Then when [illegible] submitted for rejection last year [illegible] in Atlanta [illegible] my surprise [illegible] bought it and Southern [illegible] purely would have [illegible] the book what Mr. Paul Jordan-Smith had to say, and what you have to say I get excited and bewildered for I did not dream that it would appeal to Westerners, at all. I am very happy that it does, very flattered, too and I do thank you for all the kind things you said.

I never before realized what a gracious courtesy it is to write to an author/. This is my first book and I never before realized how you send out a book and never know whether people like it or utterly detest it unless they write you about it. And so I must thank you again for your courtesy and for the happiness it has given me.

Sincerely

Margaret Mitchell

(Mrs. John R. Marsh)
4 East 17th St. N.E.
Atlanta, Ga.

貳：

我從未真的發瘋，除非受到心靈震撼……　——愛倫坡

參：神啊，如果我死了，你會做什麼？——里爾克

壹：

我不記得，我是否……

——莎樂美

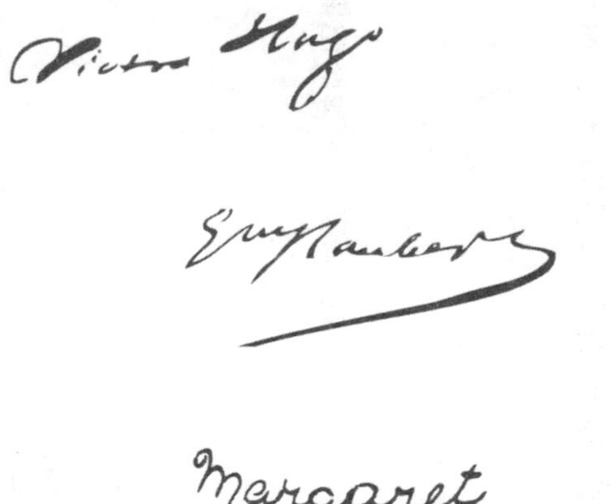

親愛的憂傷皇后

妳是憂傷皇后，妳是我們最私密最無助之夢魘的發言人，妳真的是。

我覺得我對妳如此熟稔，彷彿我們認識很多年。我知道並理解妳的瘋狂和苦痛，好像妳曾經都跟我說過。但妳有可能跟我說過嗎？希薇亞・普拉絲？妳已經死了四十多年了。

妳一生短暫如謎，三十歲自殺身亡，詩和小說在死後的新一代讀者間廣泛流傳。我最近看過新銳導演克麗絲汀・潔芙斯拍的希薇亞時，電影內容雖仍有值得討論的空間，譬如，眞實的妳其實比電影中的妳更爲偏執和激烈，也更爲神祕，泰德・休斯說過，他從來沒看過妳在任何人面前流露眞面目，除了在死前三個月。無論如何，好萊塢影星派特羅演的希薇亞仍讓我淚流滿面。

如果死亡是一門藝術，就像妳自己在詩裡寫的，有誰比希薇亞・普拉絲更懂得死這門藝術呢？

希薇亞・普拉絲，妳活過的情感生活，很多人都活過。我也一樣。二十二歲，站在巴黎街頭電話亭在週末時分拿著電話簿要找一個可以說話的人。負心的男人確實負心，或是我也成爲別人的第三者，很多人都經歷過的情感，但是我卻將之反芻再反芻，放大再放大，我的靈魂只能感覺，而我總是跟隨感覺的步伐，我只能緊緊靠近我的靈魂，我已經迷失，不然我便全然迷失。

希薇亞・普拉絲，妳的情感方式便是要修復那失衡的情感狀態，但妳卻永遠無法修復。妳對妳的唯一的男人和丈夫休斯付出盲目的信仰，但那不是妳的錯，妳當然無法忍受修斯的浮誇和不斷的外遇。妳要的是眞相，眞相愛妳，眞相也致妳於死地。

那些年，那些年輕而追求純粹情感的歲月，在巴黎學習面對自我和人

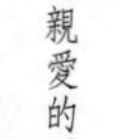

生，在往威尼斯的火車上，在搭便車到巴塞隆納學習戲劇的日子，因爲眞實還不夠眞實，因爲有時感觸不到深度，感知不足喚醒自己，而逐漸無感，以及在破碎或殘缺的生活內容中以文字縫補，想要提煉蒸發什麼，裝扮吸引別人的注意，想創作，或找尋創作的形式，不知道自己便是全部的創作內容，在日記上不停地寫著一些喃喃自語，從劇場到學校，從朋友到情人，我只是一個空洞容器，我等待承載。孤單，需要愛，需要某種形式和秩序（像妳沉迷於烘焙蛋糕，在那裡尋找創作的秩序感），我也是一個不完整的人，因爲十歲那年對父親徹徹底底失望了，而我從未得到母愛，母親是個自毀傾向的人。她無法愛我，她把自毀留給我。

希薇亞．普拉絲，我在妳日記裡看到嚴重的自毀。妳說，妳沒有勇氣殺死吸血鬼般的母親，所以妳得先殺死自己。妳既恨她，但妳又尋求她的認同。我沒有勇氣殺死別人，更沒有勇氣殺死自己。所以，我都那樣苟且及善變地活著，我愈來愈怕死，我沒有辦法成爲主宰自我生命的人，我因而過著不幸福的人生。但是以上文字也可能全出自我的想像。所有的不幸或幸福，都只是出自人的想像。我會說，普拉絲的不幸也是出自她那絕無僅有的想像力。妳說過的，所有的愛和孤獨都是自作自受。

歐慈（J. C. Oates）是對的，妳是憂傷皇后，妳是我們最私密最無助之夢魘的發言人，妳眞的是。我想像那些年妳的詩作如何安慰妳，而且想像我會繼續寫下去。

希薇亞・普拉絲 Sylvia Plath, 1932-1963

一九三二年出生於美國麻省，少女時代即發表詩作和短篇故事，在就學期間結識了愛人泰德・休斯(Ted Hughes)，但休斯的花名在外導致普拉絲長年被憂鬱所擾，一九六三年出版的《瓶中美人》是她自傳性的文學作品，此書出版一個月後普拉絲就自殺身亡，使她的人生和作品披上神祕的色彩。

愛寫日記的亞奈依斯・林

她的日記在早年女性主義啓蒙時代影響了無數的女性，那些人為了她離婚，後來發現，僅僅冒險並不能當飯吃，且不管離婚或結婚，女性自己必須先獨立自主才行。

以前在巴黎讀書時短暫住過塞納河畔的船屋，船屋裡一應俱全，主人又不在，我可以幾天不出門，就留在船上讀小說，看窗外的河景，心情隨著河水輕微地搖盪，偶爾目送別的船隻的到來與離開，偶爾，鄰居會帶著孩子來敲門。

她是一個美貌而憂愁的巴黎女子，離婚攜子再嫁一位年輕的美國商人，她的船屋空間極大，學過芭蕾的她說，偶爾在空曠的客廳練舞。這位女子問我讀不讀亞奈依斯・林？她認爲亞奈依斯・林可能是二十世紀最重要的女作家，也是女性主義最崇尚的文學偶像。

她說，她是受亞奈依斯・林的影響，才央求丈夫租船和租河，早年亞奈依斯・林在巴黎時便住過跟她一樣的船屋，成天都在船上辦派對。林的先生紀樂是大銀行家，不但可以供應她富裕的巴黎生活，也資助她周圍的窮藝術家朋友，譬如亨利・米勒。

在船上時便讀過鄰居借的一本亞奈依斯・林的色情小說。我從來不是那麼鍾情於色情文學，但林的色情小說非常乾淨簡潔，雖然她自己後來也表示是爲稿費而寫，除此無他，且聽從編輯的建議，「不要囉嗦，就直接寫有料的東西吧。」無論如何，林的文筆清新，不但情慾盎然，且充滿女性自覺，毫無疑問是色情文學的大師級人物。

後來，我買了幾本亞奈依斯・林的日記來讀。才發現，她除了日記並沒有別的文體，除了爲稿費寫色情小說，她什麼小說也沒寫。一個只寫日記的作家，可能理由便是小說難寫。哎呀，我沒有批評的意思，小說眞的很難寫。

我也發現，林在日記上所呈現的完美生活，幾乎全爲藝術，愛幹嘛就幹

嘛的生活是因爲有紀樂支持，我當然也會想，如果沒有那位有錢的丈夫，她還可以爲所欲爲嗎？在三〇年代，今天在紐約，下個月在西班牙，或者再下個月就到洛杉磯。亞奈依斯・林不是在日記上說謊，便是過於天眞地相信，人人都可以追求完美的藝術人生，女人不應該放棄自己的理想，保持行動的自由。她的日記在早年女性主義啓蒙時代影響了無數的女性，那些人爲了她離婚，後來發現，僅僅冒險並不能當飯吃，且不管離婚或結婚，女性自己必須先獨立自主才行。

我從未低估亞奈依斯・林的指標意義，在那樣的超現實時代中，她在女性自覺或文學上的表現都是先行者。尤其，她的自學背景，雙語寫作，那麼早便是全球化的創作者，而且能在保守的社會對情慾和感官發言，情慾和感官從此不是男人的專利，女性也有情慾書寫。

亞奈依斯・林的父親是西班牙卡達隆納區作曲家，母親是丹麥人，她十一歲時，父親拋家棄子，母親帶著孩子移居紐約，林是因爲要與父親寫信才開始寫起日記，以後終生有寫日記的習慣，亞奈依斯・林成年後與父親相逢，她也與父親有一段亂倫的外遇。心理學界在分析日記中林對父親的描繪時，都認同這個說法。

亞奈依斯・林爲此關係受苦，但她未敢在日記多寫。林與父親的關係對她創作態度和表現影響深遠，她多年是榮格的病人，也是心理分析家奧圖瑞克的病人，花了許多時間在做心理治療，可惜她從未記錄那件事或這些心理治療帶給她的衝擊和改變，她只和奧圖瑞克變成情人。那時的她早已離開有錢的丈夫，而奧圖瑞克的年紀也小她甚多。

我眞想知道亞奈依斯・林那些年與榮格究竟談些什麼。

亞奈依斯・林 Anaïs Nin,1903-1977

生於法國，父親是著名作曲家喬阿辛林，她在西班牙長大，也住過古巴一段時間，母親有法國和丹麥血統，她在美國就讀天主教大學，後被退學，曾任舞者和模特。亞奈依斯・林除了寫日記出名，她的感情世界也為人所好奇，她曾與作家亨利米勒來往。亞氏作品中對「女性」與「男性」的自然描繪對後世女性主義影響頗大，被另類女性主義者視為圭臬。

我不記得我是否吻過尼采

尼采以為莎樂美愛他，寫信給她：我欠妳一個人生最美的夢。

一八八二年是尼采一生最美好也最困難的一年，那一年他認識奇女子莎樂美。他還沒見過她時便愛上她了，見面第一次後，他便向她求婚，沒有人像莎樂美對尼采的一生影響這麼重大，無論是在心智或感情上，尼采遇見莎樂美那一刻起，人生便出現了命運的轉折。但他對這個女人說：我欠妳一個人生最美的夢。

一八八二年，尼采第一次從朋友李德那裡知道莎樂美這個人，李德對他形容的莎樂美是少見才貌雙全的女子，他回信給李德：代我問候這名女子吧，如果你覺得這個問候有意義的話，我一向對像這樣的靈魂非常饑渴……

那時，莎樂美和母親由俄國來到義大利旅行，在李德的安排下，二人終於見面，尼采看到莎樂美時頭便暈了，他問莎樂美的第一句話非常突兀：我們是從哪個星球被帶來這裡會合？

莎樂美那一年二十一歲，氣質高雅，笑容燦爛，有時天眞得像個孩子，任何男人都會輕易愛上她。貴族家庭教育，反骨，反教堂，自由思想，舉止自然不拘束，充滿令人無法抵擋的女性魅力。

李德是猶太裔的哲學教授，是叔本華的門徒，對尼采也滿心佩服。他先認識莎樂美，也經常向後者提到尼采，莎樂美迫不及待想要認識尼采，她甚至一度埋怨見面時間及尼采都太遠了。

一八八二年四月二十三日，他們第一次見面，整晚都在談哲學思想，尼采深受莎樂美的智性吸引，他們一談便沒完沒了，尼采認爲只有這個女人可以在思想上與他匹配，根據後來莎樂美的回憶，她當初只是把尼采當成老師，她想和他學習哲學，李德教授也有此打算，二人想花一年的時間留在尼采旁邊，另外，莎樂美也想找理由離開母親，不想回俄國聖彼得堡。

第一次見面後，尼采透過李德向莎樂美求婚，莎樂美拒絕了尼采，因爲她也喜歡李德，開始時尼采和李德允許三角關係，但是此事在尼采的妹妹伊莉莎白知悉後變得複雜，伊莉莎白嫉妒心極重，她介入尼采的愛情，在兩人之間挑撥離間，並且挾母威脅尼采，她認爲那莎樂美是個淫蕩的女人，毫無思想，有的話也都是從尼采那裡偷去，伊莉莎白到處造謠，使莎樂美不堪其擾。

同時，猶太裔的李德教授也打破和尼采的默契，愛上了莎樂美，這使三人關係畫上句點。尼采終於寫信給他愛的人：「做妳自己吧，我要的關係純粹無瑕，就像天空。」莎樂美請求尼采做一輩子的朋友。

一八八二年四月底，莎樂美母女和李德及尼采在義大利北部山區遊玩，那個下午尼采有機會與莎樂美獨處，「我不記得我是否吻過尼采。」莎樂美後來在回憶錄這麼寫。應該有吧，不然尼采那一陣子爲什麼飄飄然，他以爲莎樂美愛他，寫信給她：我欠妳一個人生最美的夢。

尼采總共向莎樂美求婚三次，莎樂美不改其心。那一年冬天，尼采陷入人生最低潮，偏頭痛逐漸惡化，健康堪慮，寫信給友人時幾度提到自殺，他離開萊比錫，來到瑞士西絲瑪麗亞（Sils-maria）山湖區，他愛上了那山區的空氣，偏頭痛不藥而癒，文思泉湧，十天之內便寫好《查拉圖斯特拉如是說》第一部。

尼采從此再也沒愛上任何女人，一直到他發瘋。

莎樂美 Lou Andreas-Salomé, 1861-1937

生於俄國聖彼得堡，十九世紀末二十世紀初的作家、藝術工作者。從小便接受神學、哲學、法國以及德國文學教育。二十一歲時與母親一同遷居羅馬，遇到作家里爾克，兩人一直維持像姊弟又像情人的關係。她曾撰寫 *Friedrich Nietzsche senen Werke* 來分析尼采的哲學思想與理論，並在里爾克死後花了多年的時間書寫關於她對里爾克的回憶錄。

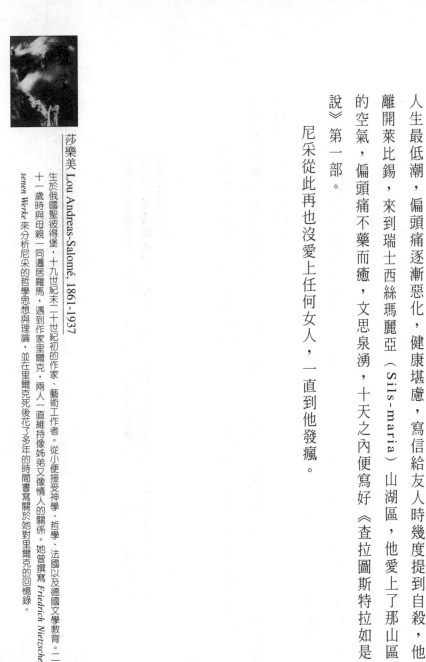

楚浮最後愛上的女子

因為楚浮愛芬妮．亞當，所以我才注意到這個女人。她還沒發揮她的潛能時，楚浮便死了。從此，她一直是不完整的人，一個神祕的人，一個海岸來的女子。

一九七九年的十二月，法國導演楚浮好幾個晚上都坐在電視機前觀賞一個電視影集「海岸來的女子」，楚浮和一百萬名法國觀眾都被影集裡一個海岸來的女人俘虜征服了。

這個女子眞的來自海岸，她叫芬妮．亞當（Fanny Ardant），那時她三十歲，並沒有什麼特別的演出經驗。而楚浮坐在巴黎公寓的沙發，他才看了一會兒影片，就愛上了女主角，他隨後每集固定收看，他眞的愛上芬妮．亞當，愛得魂不守舍。在這之前，他從來沒聽過這個名字。

十二月底，楚浮寫了一封信給芬妮．亞當，問她要不要來巴黎談談影片合作計畫。芬妮・亞當來了，那個冬天楚浮正好開拍「最後地下鐵」，但「下一部片的女主角便是妳」，他告訴他第一次見面的女人，然後，他們固定見面吃午飯，都在馬伯街（Rue Marbeuf）或候拔艾提安街（Rue Robert-Etienne），那是楚浮最愛的兩家餐館。

海岸來的女子是上校的女兒，由於父親外放，芬妮・亞當從小在歐洲各地長大，譬如也住過摩納哥，因爲上校曾是摩納哥王子的私人警衛官，芬妮從小在近似貴族教育環境長大，喜歡騎馬演戲，在普羅旺斯大學讀過政治系，畢業論文是無政府主義思想之類的題目，畢業後她去了倫敦、巴黎，決定到表演學院學習，打算走上演戲這條路。

楚浮愛上一個無政府主義者和堅持保有個人自由的女人。他們很快陷入熱戀，但芬妮・亞當卻不願意住在一起也不願結婚，她希望兩人保有自由的關係，二人在巴黎十六區做了好幾年鄰居，生了一個女兒。多年後芬妮回憶，「我愛到戀人家做客，只有如此，兩人才會相敬如賓。」她也承認，她嚮往的愛情總帶有那麼一絲非法的感覺，那與父母嚴格的教育有很大關係。

她也說，熱愛電影的人都會想為楚浮工作。

若楚浮崇拜她如女神，她也崇拜楚浮的電影到五體投地。

可惜美麗的愛情無法持久。八三年八月的某一天，楚浮和男影星狄巴德厄正在諾曼地準備電影的拍攝工作，楚浮在晚餐桌上突然昏厥過去，他被緊急送回巴黎的美國醫院，他們準備在他的頭上動刀，楚浮寫信給別人，但沒有提到「腫瘤」這個字，醫生認為楚浮活不過一年，只是不敢多說。

那時，癌症在法國仍是禁忌字眼，沒有人敢多提起，楚浮自己也不想聽到這個字，他在家中床前做許多拍片計畫，他和芬妮．亞當的女兒就在這一年出生，他和芬妮．亞當還打算結婚，生第二個孩子。

他沒結成婚，也沒拍到電影，因為八四年十月，他便過世了，走時很痛苦，而且才五十二歲。他和芬妮．亞當度過最後五年的時光。

那五年他滿腦子想為芬妮．亞當拍電影，他們拍了兩部，但都不是楚浮最好的作品，不過影片一樣充滿柔情，這世界上只有少數導演有那樣的溫柔，那樣的人性深度卻同時充滿人生熱情，另一個便是小津安二郎。我到現在都愛看這二人的影片，因爲那就像接受陽光的洗禮，那麼溫暖。

因爲楚浮愛芬妮・亞當，所以我才注意到這個女人。她還沒發揮她的潛能時，楚浮便死了。從此，她一直是不完整的人，一個神祕的人，一個海岸來的女子。

楚浮 François Truffaut, 1932-1984

法國電影新浪潮導演之一。共執導過二十五部電影，作品可分為三種路線，其一是安端達諾系列，有他個人的影子，代表作有「四百擊」、「婚姻生活」、「消逝的愛」等。其二是仿美國類型電影（向希區考克致敬）的作品，如「槍殺鋼琴師」、「黑衣新娘」、「騙婚記」等。第三種以三角關係為主軸的愛情片，像是「夏日之戀」、「軟玉溫香」、「巫山雲」等。「四百擊」是他導演生涯的轉捩點，曾以此片獲得坎城影展最佳導演獎。

站在亞特蘭大桃樹街

她說，在惡劣的時代，有些人可以存活，有些人卻不能，靠的便是機智，她只對存活的機智有興趣。

站在亞特蘭大桃樹街上，在這個南方城市，感覺離所有事物的核心很遠，所有事物的核心？我聽到人們說話帶著慵懶的南方腔調，不少人家門口掛著美國國旗和繫著黃絲帶。

從歐洲入關美國時，他們用詰問罪犯的語調詢問你旅行的緣由，並且得在他們面前脫下鞋子，留下指紋照片。他們問你爲什麼來這個城市？你得從頭到尾說清楚。我恐怕說不清楚。

亞特蘭大是當年南北內戰最激烈的地點，整個城市全被放火燒光，只剩下軍營。那便是《飄》的故事背景，那已有一百多年。我走進桃樹街一棟老房子，瑪格麗特・米契兒二〇年代在這裡寫那本書。

下午時分，我在那個城市尋找一家叫莫札特的韓式麵包店，那區現在都是韓國人的地盤。在咖啡館，一個在CNN當新聞編輯的朋友轉述他在伊朗採訪的二種聽聞：我們不怕布希，因爲他很愚蠢；另一種說法：我們懼怕布希，因爲他實在很愚蠢。

布希說邪不勝正，但誰是邪誰是正呢？我想起我從來沒讀過一本的金庸，他們說他的小說主角人物內心經常處於正邪交鋒。我在這個城市想著中國武俠小說裡的道德。

開車經過城郊一家接一家的教會，這裡是亞特蘭大西桃樹街，這棟樓房孤零零地坐落在高樓的角落，我們走進瑪格麗特・米契兒寫作的房間，房子是這麼小，廚房也只是一個角落，雙人床也極小，瑪格麗特與第二任丈夫應該感情融洽，或者他們生性儉約，他們在小房子裡喝一杯又一杯的白蘭地，自己編寫劇本在家演戲請朋友來看，他們懂得生存之道，懂得在最壞的時候過最好的日子。這是學問，不是每個人都懂。

這便是瑪格麗特・米契兒的主題，她說，在惡劣的時代，有些人可以存活，有些人卻不能，靠的便是機智，她只對存活的機智有興趣。那是一本由南方看美國內戰的書，寫一個一八六一年出生的南方女子，如何走過景氣大蕭條，經歷內戰重建，及三次婚姻。甫出版便洛陽紙貴，一九三六年獲得了普立茲獎。

所謂的南方觀點，是女子非嫁好人家及非有錢不可，這其實也是小說人物的中心思想，而黑色種族族群在書中並未受到正面的描繪（米契兒認爲，三K黨是必要的悲劇），也是小說及電影被批評的原因。

瑪格麗特・米契兒是那種非寫不可的人，且成名得趁早。她一生剪影相當像《飄》的女主角，少女時以黑色勁裝參加舞會，在亞特蘭大一舞成名，喜歡騎馬，兩次從馬上跌傷。她在寫《飄》時腳傷嚴重，幾乎足不出戶，就在這條桃樹街上，她把打字機放在窗邊，寫了改，改了又寫。

她在這棟房子度過爵士年代，抽菸喝酒，與不同的男子調情，只是調情。她在未婚時有兩個男人愛慕她，她選了帥氣的亞普蕭，但婚姻很快觸礁，亞普蕭有暴力性格，瑪格麗特請來亞普蕭的朋友馬許出面協調，當初她沒看出馬許才是她的終生伴侶，馬許一直是她的知音。

南方作家瑪格麗特的生命結束在一九四九年，那年她四十九歲，一個上午她離家步上桃樹街，才沒走幾步，便被一輛開得飛快的計程車撞死了。

我站在桃樹街上，張望左右行駛的車子。我知道，瑪格麗特是一個矮小的女子，因爲書寫，她的生命因此碩大。

瑪格麗特・米契兒 Margaret Mitchell, 1900-1949

出生於美國亞特蘭大。瑪格麗特從小就聽著老亞特蘭大和美國內戰的故事長大，在一九二六年至二九年，她撰寫了《飄》，並在一九三六年由邁克米蘭出版公司出版，這部長達千頁的小說，可媲美托爾斯泰的《戰爭與和平》，是瑪格麗特・米契兒唯一發表過的文學創作。

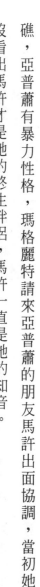

雨果女兒的傷心旅途

原來她是一個活在幻想中的人，她無法面對人生現實，逃避於自我編織的謊言中，寫日記救了她，但寫日記也沒救得了她。

一八六三年二月，加拿大哈利法斯港口不但飄著雪，港口四處幾乎都無人煙。

一個年輕女人提著行李來到桑德斯家下榻，她沒說她是誰，後來他們才知道這個女人便是大文豪雨果的二女兒亞黛兒．雨果，她因瘋狂愛上一名分發至哈利法斯港服役的中尉，而離開當時住在英倫海峽小島上的雨果一家，獨自搭船來到此地。

亞黛兒對桑德斯家人說，她是來找她的未婚夫皮森。那皮森可能也不是什麼壞人，至少不會比別人壞，但他並不是很眞心。亞黛兒和他應該有過一夜情，但中尉不想和她結婚，何況，這個愛他愛得有點癡狂的女子已經三十三歲了。

楚浮七五年把這個故事改編成電影（中譯「巫山雲」）。幾年後我和同學在士林電影院看了這部電影，當然，眼淚流個沒完沒了。那時，年少的我雖對人生懵懂無知，但已明白，當亞黛兒在異鄉（由伊莎貝・艾珍妮飾演）漠然地經過她的愛人，並從他面前走開時，她的人生也已越過了她。

多年後我讀起亞黛兒・雨果的日記（*Le Journal d'Adéle Hugo*），對她那些年孤獨至極的日子震驚無比，我才知道，原來她是一個活在幻想中的人，她無法面對人生現實，逃避於自我編織的謊言中，寫日記救了她，但寫日記也沒救得了她。

在那個年代，只有很少的女人才有能力和條件旅行，亞黛兒告訴她父親雨果，中尉已經向她求婚，父親不但資助她旅費，也定期寄錢給她，到了加拿大後，亞黛兒爲了見中尉皮森，困難重重，到最後可說是不擇手段及自取其辱，那皮森並不愛她，桑德斯一家人馬上看出來了，但亞黛兒不相信。她

至死也不相信皮森中尉不愛她。她認爲皮森還沒有機會眞的認識她，一旦他那麼做，他便會愛上她。

亞黛兒費盡力氣由倫敦輾轉來到加拿大，她到了以後便獲知皮森新婚的消息，但不肯接受事實，也不願意離開剛抵達的陌生之地。她寧願在異地過著艱困孤單的日子，以便挽回皮森的心。

亞黛兒．雨果生於一八三〇年，是一個標緻的大美人，大作家巴爾札克便不只一次讚美過她的長相，她心思敏銳，不但彈得一手好鋼琴，還會作曲，在寫作上也有才華，父親雨果鼓勵她寫日記，她在二十二歲那年開始寫，後來保持了寫作的習慣。

從日記看來，亞黛兒不但有邊緣性人格的傾向，二十六歲那年起憂鬱症也日趨嚴重，那些年，雨果流亡英倫海峽的葛尼賽島，亞黛兒跟隨父母分別在英法兩地居住，一八六一年，那一年她三十一歲，遇見了軍人皮森，從此把心和靈全交給了他。但皮森消失了蹤影。

她有信心找到他，也果眞找到了他。她先在哈利法斯爲皮森停留了三年，隨後皮森又外放至巴巴德，亞黛兒也繼續跟隨著部隊而去，一直到她精神病發作的那些年，她父親雨果憂心忡忡地和她通信，勸她回家，但都勸不了她。雨果的大女兒十九歲時在塞納河溺水而死，那時亞黛兒十二歲，該事對她的童年有很大的影響，她在日記裡記載了許多。

一八七二年，亞黛兒結束其爲愛走天涯的日子，她已經無以爲繼，精神完全崩潰。她被帶回法國，住進雨果的醫生朋友家裡，她認得出父親，但已說不出話，隨後，她又被送到聖孟蝶精神醫院，無藥可救，她已全然瘋了，她在醫院一直活到七十五歲。

亞黛兒・雨果 Adéle Hugo, 1830-1905

亞黛兒・雨果是大文豪雨果的第二個女兒，她姊姊死於溺舟意外，此事對她心靈打擊甚大，從此帶著嚴重的罪惡感而活，並且有逃避事實的傾向。一八六一年雨果流亡時，亞黛兒隨父親到英國愛上軍人皮森，不僅跟隨他外放，並瞞著父親聲稱她與皮森結婚，她不斷追蹤有賭博惡習的皮森，偷窺他與別女人上床，乃至為皮森發瘋，最後在精神病院結束她孤寂頑固及熱情的一生。

蘇菲・索爾的最後一日

他們的死改變了德國社會，如果沒有他們，這個世界是多麼冷清。

他們長得那麼好看，簡直就像電影明星，他們有得是才華，懂得藝術和生命，他們才二十歲，都是大學生，但卻一點都不畏懼犧牲自己的生命。而這世界因他們二人的死亡而完全改觀，從前，在他們所處的世界似乎沒有愛和勇氣，他們二人付出了一切，讓後來的人知道，是的，世界並不是這麼冰冷無情。

這兩個改變世界觀感的人是索爾兄妹。二人在一九四三年二月二十二日被納粹絞死，因爲他們在地下推動反納粹宣傳。

蘇菲・索爾在被處死前仍毫不後悔，死前的前一天，她寫信給友人：這是一個美好及陽光璀璨的日子，可是我卻必須離開人世，但是與多少無辜死去的猶太人相較，我的死又算什麼？

據執刑的人後來回憶，蘇菲・索爾當天打扮得整整齊齊，面不改色地走上絞刑台，她只喊了一聲：自由萬歲！她的哥哥跟她一樣也走上絞刑台，也說了同一句話。

十幾年前我剛到慕尼黑時，常到慕尼黑大學去借書，那時我有個愛人在那裡上課，我們走過大廳時，他停下來說：妳看，蘇菲・索爾當年便在樓上那裡往大廳分散傳單。我想像那傳單飛落的畫面，我知道蘇菲・索爾那時參加的反納粹地下組織叫「白玫瑰」。後來我結了婚，與一個初識的人，他也告訴我，他曾演過一部德國名導演帕西・阿德隆的電影，影片就叫「白玫瑰」。我的丈夫演的是蘇菲・索爾偶爾會抽菸斗的哥哥韓斯・索爾。

我剛結婚時，把錄影帶拿出來看，電影拍得不夠好，我有點失望。但看過韓斯・索爾的照片，丈夫長得與他眞是驚人地相像，那可能是阿德隆找了他去演的原因，那部電影以蘇菲・索爾爲主角，我還是沒看出來白玫瑰事件的重要性。

多年後的現在，有人要重拍「白玫瑰」，我才重新想起，我才明白，當年的德國社會服從權威，沒有人有勇氣反對希特勒的暴行，多少人知道事情不對，但寧願過舒服懦弱的生活，要去反對希特勒，那簡直就是去找死。

一九四三年就有那麼幾個年輕有爲的人寧死也要說出眞相。他們說：我眞的不知道死是如此容易。但死也是如此難啊。他們聚在一起，本來是一群知識菁英，經常聚會討論書和思想，也對藝術十分醉心，常去聽音樂會和看歌劇，他們本來可以繼續過那樣的生活，畢業後就是醫生或教授，但他們沒有那麼做，他們成了白玫瑰。

蘇菲和韓斯．索爾在自由思想濃厚的南德小市長家庭長大，二人在少年時代便因懷疑領袖思想而被送入監獄，蘇菲．索爾少女時便立志貢獻社會，她的反納粹思想在來到慕尼黑大學後更爲堅定，四二年六月，白玫瑰首度印了反動傳單，當初只印一百份，隔年，蘇菲．索爾積極加入活動，她設法將九千份的傳單送入德國各城市，他們要德國人清醒：希特勒說謊，他說自由時指的是戰爭，希特勒是大屠殺的暴君。

他們發了六次傳單。他們充滿革命的理想和天眞的熱情：我們不會沉默，我們是你們最怕的良心，白玫瑰不會讓納粹安寧。二月十八日，一個教授在大廳看到蘇菲．索爾，他當場密告納粹，許多人也出賣了索爾，四天後，索爾兄妹便被處決。

他們的死改變了德國社會，如果沒有他們，這個世界是多麼冷清。

蘇菲．索爾 Sophie Scholl, 1921-1943

蘇菲．索爾與哥哥韓斯．索爾(Hans Scholl)出生在一個市長家庭，少年時即懷抱自由與貢獻社會的理想。在納粹德國時期，以「白玫瑰」為行動象徵，用來呼籲時人起而反抗希特勒的獨裁統治，因被告密而送上絞刑台，死前仍高喊：自由萬歲！是改變當時德國社會最重要的納粹反動者。

你是不是包法利夫人？

《包法利夫人》在當時才一出版便成為禁書，但很快便名揚一時，不但是十九世紀文學代表作，也是呈現法國布爾喬亞生活景象的重要著作。

我在生活裡時不時便會遇見一位包法利夫人。這些人跟包法利夫人一樣愛讀小說聽音樂，也把自己活成小說的樣子，被文學的幻覺蒙蔽，追求狂喜、眞愛以及虛無飄渺的精神生活。

她們，有的甚至是我的朋友，不都一個個愛上懦夫或騙子，還不停地詢問：他到底愛不愛我？他到底值不值得我愛？她們經常都在談那些轟轟烈烈但卻千篇一律沒有結局的戀愛，爲愛憔悴或失意。

或者我自己曾經也是包法利夫人？尋找「更高」「更重要」的精神生活，盼望改變自我轉變形象，不耐於世俗無聊的重複，抗拒威權又接受權威，不顧一切追尋個人意義。我最認同包法利夫人的一點，是她把想像當成救贖。過去，我似乎也是依靠想像才存活過來。

年少時讀《包法利夫人》，對包法利夫人的印象頗爲負面，認爲她咎由自取，自殺是罪有應得。年紀稍長後，才逐漸能同情她內心那種追求更高精神生活的渴望，我明白包法利夫人的悲劇就是因爲她跳入現實和幻想之間的鴻溝，以及分不清欲望和實現之間的代價。

大文豪福樓拜便說他自己是包法利夫人。他冷靜無情地寫，結構縝密，情節和人物心理描繪絲絲入扣，絕對是文學的經典，福樓拜把扭曲痛苦的句子改來改去，儘求客觀及生動，把一個平常的外遇自殺故事寫成一部充滿詩意的大師作品，是曠世佳作之一，足以比美莎士比亞的《馬克白》。

這裡是大師如何描繪這位置丈夫與孩子於不顧，成天只把通俗外遇想成壯烈愛情的愛瑪·包法利：在內心深處，她一直在等待著什麼事發生，像一艘即將沉船的船上水手，她將渴望的眼光由她生命中的孤獨移向大海盡頭，彷彿如此她便可以在渺茫的地平線上捕捉到一片帆船的微光……

這部《包法利夫人》在當時才一出版便成爲禁書，但很快便名揚一時，不但是十九世紀文學代表作，也是呈現法國布爾喬亞生活景象的重要著作，完美表現出現代小說的寫作技巧，文字敘述沒有浮渣，能擊中要領，哎哎，那分析感如此之強的法文，福樓拜精通其道，運用自如。

這部《包法利夫人》曾多次改編成電影，最後一次由名導演克勞德・夏布爾導出，由伊莎貝兒・雨蓓飾演，電影在盧昂拍攝，背景和道具都相當考究，演員陣容也很不錯，唯雨蓓的演出使人覺得這位包法利夫人似乎早已把福樓拜的書和各界對她的評論讀過了。

我讀《包法利夫人》印象最深的部分，就是福樓拜的女性心理描繪，這包法利夫人喜歡讀書，她是書中自有郎如玉，福樓拜似乎在自嘲讀書不但無用，且還可能受其害，他說過，他對包法利夫人愛恨交加，看得出來，他最後讓這名小說的受害者走上死亡的結局。

也許我現在之所以同情愛瑪・包法利，因爲我知道，大部分的時候，我們也站在那空洞的事物中間，我們努力讀書追求想像、知識或性愛，我們做許多事去填補，但是卻忘了，事物的本質便是空無。

福樓拜繼續如此寫：每個早上她起床後，都覺得就在那天什麼事將發生，她從床上便仔細傾聽察看，但什麼都沒有發生，她眞的不能明白，爲什麼沒有發生什麼？日落時她陷入更大的悲愁，只好把希望寄於明天的到來。

福樓拜 Gustave Flaubert, 1821-1880

出生於法國盧昂。寫實主義作家，注重細節描寫，認為文學作品的形式與風格重於內容，對作品完美的要求近乎吹毛求疵，也因此《包法利夫人》一書花了四年多的時間才完成。作品有《包法利夫人》、《莎蘭玻》、《情感教育》、《三個故事》、《聖朱利安傳》、《天真的心靈》及未完成的《布法與貝丘雪》等作品。

嬉皮女王妮可

有人說，她不習於自己的美貌，並痛恨別人把她的臉當成標誌，因此才會自毀。

妮可是六〇年代最神祕和具代表性的人物。這個女人靠著一張冷漠的臉孔成爲美國嬉皮時代的女神，但這個女人也有一個沉淪的人生。

妮可不但是安迪華．荷的繆思，也是許多當時最重要的創作歌手迷戀的偶像。鮑布．狄倫暗戀她，爲她作了一曲I'll keep it with mine，路．瑞德（Lou Reed）也瘋狂地愛戀著她，不但爲她作曲I'll be your mirror，也爲她與莫里森展開三角戀情，妮可可能更愛莫里森，並爲他把金髮染成紅色，但二人的性和愛情充滿暴力，使關係很快走上破滅。

妮可有一段期間在紐約地下酒吧Stanley's駐唱，里奧納．柯恩

（Leonard Cohen）天天來捧場，我的天，柯恩不但愛上妮可，並爲她寫了那首 Take this longing。莫里森被妮可外表迷惑，把她塑造成妖魔女的形象，爲她寫那首著名的 Femme Fatale。有關妮可的種種，便是數不清的男人、道不盡的情事。

妮可六〇年與法國明星亞蘭德倫談戀愛，隔兩年爲他生了一個兒子，但是亞蘭德倫那時已離棄她，並且不認這個兒子，妮可因四處演唱無法照顧孩子，便將兒子亞希交給亞蘭德倫的母親撫養，爲此，亞蘭德倫一度與母親決裂。亞希今年四十二歲了，他不但從未與父親見過面，亞蘭德倫到今天都聲稱他不是他兒子，但怎麼可能呢？他們有一模一樣的輪廓，只是前者是國際巨星享盡榮耀，後者到今天都是一個失業的攝影師，連下榻的公寓都有老鼠。

妮可出生於一九三八年的德國科隆，父親在大戰期間過世，與母親過著清苦生活，十四歲在柏林當起模特兒，二十歲搬到巴黎開始拍電影，隔年費里尼發掘她，要她參加「甜美生活」的演出，之後，妮可搬到紐約報名了瑪

麗蓮·夢露也就讀過的史特拉斯堡演員學院，那時她簡直就是前衛版的夢露，不但演了一部法國電影「脫衣舞」，還和法國流行音樂天王Gainsboug合灌了一首歌。

然後安迪華·荷發現了他的性感女神，邀請她到樂團演唱，那首Femme Fatale的歌詞是：她來了，你最好小心一點，她會讓你心碎，眞的。

妮可一生是個自我毀滅的一生。她的內在渴望與外在形象衝突極深，七〇年代末開始過起不快樂的日子，成天吸毒，長期住在紐約Chelsea旅館，一天可吸掉上千美元的海洛因，與男人的關係愈來愈混亂，不但自我矛盾，更缺乏自信，四十歲時容貌已盡失。

有人說，她不習於自己的美貌，並痛恨別人把她的臉當成標誌，因此才會自毀。

好像是那張臉害苦了她。她靠著那張妖魔般的臉迷倒多少男人啊，並且爲之成名，一生大起大落。四十九歲那年戒掉海洛因，在西屬伊碧莎島上和兒子騎自行車出外尋購大麻，那是一個攝氏四十度的酷夏，她從自行車上摔了下來，亞希把她送到醫院，等到醫生趕來時已腦死了。

我想像過亞蘭德倫憎惡妮可的理由：墮落、吸毒、雜交（唉，她甚至和兒子亞希亂倫）。她過著嬉皮式混亂的生活，亞蘭德倫的小布爾喬亞使他視她如蛇蠍。他們的故事沒有誰對或錯，只有造化的不可捉摸。

妮可 Nico, 1938-1988

本名Christa Päffgen，六〇至七〇年代的德國籍歌手、作曲者、模特兒與女演員。一九六七年和擔任「非法利益合唱團」（The Velvet Underground）主唱的路・瑞德合作，發行了「The Velvet Underground and Nico」專輯，其中「Femme Fatale」這首歌曲是路・瑞德正與妮可熱戀時為她量身創作的歌曲。妮可的出生地一直受到爭議，多數指出她在一九三八年十月十六日出生於德國科隆，但也有人說她出生於一九四三年三月十一日匈牙利的布達佩斯，為她的生平再添神祕色彩。

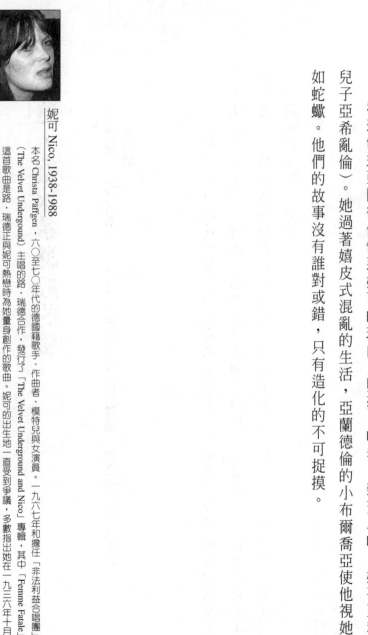

瑪蓮・德狄希謎般的臉

瑪蓮・德狄希要別人記住她年輕時的姣好和豔麗，她要別人記住那張完美的臉。

八〇年代的我住在巴黎，有時走過蒙坦街，不少名流或者流亡公主和王子都住在這條街上，但我不知道影星瑪蓮・德狄希也是其中一位，她在七十歲之後，一個人住在蒙坦街的公寓，再也不要見任何人了，因爲她不要任何人看到她衰老的那張臉。

這個故事聽起來像巨星的矯情，但卻是長達二十年不堪想像的寂莫時分，瑪蓮・德狄希躲在窗簾之後，每天早上把購物紙條放在桌上，那可能是牛奶剪刀牙膏或者一條麵包，她只有一個每天來清理打掃的傭人，那個人是唯一見證巨星老去模樣的人，瑪蓮・德狄希要別人記住她年輕時的姣好和豔麗，她要別人記住那張完美的臉。

那些年，她唯一破例接受奧地利演員雪爾的訪問，但不許照相和錄影，他們談了八個小時，雪爾把她的聲音錄進一個紀錄片，她屢次破口大罵爛貨（schlock）並與雪爾爭執，脾氣相當火爆辛辣。

她有一個叫瑪麗亞的女兒，但母女關係不好，二人見面也會吵架。瑪蓮・德狄希一輩子活在自我完美的形象中，老時又驕傲又唏噓，無情的女兒把母親不爲人知的另一臉孔描繪出來，寫成一本厚書，影迷最重視的當然是巨星與無數名流政客的豔史，包括小甘迺迪、作家里馬克或海明威等等，最讓瑪蓮・德狄希在墓裡不愉快的一定是女兒寫出了一段段她的同性戀情，她是雙性戀者，那是她另一張臉，別人沒有必要知悉。

瑪蓮・德狄希一九〇一年生於柏林，在嚴厲的普魯士公務員家庭長大，從小喜歡唱歌跳舞，父親卻堅持讓她學習小提琴，二十一歲開始在戲劇界展露頭角，二十九歲那年拍了一部「藍天使」後到美國發展，派拉蒙電影公司和她簽了七年合約，合約的數字和今天的湯姆・克魯斯不相上下，美國人都

愛上了她那冷酷豔美的臉龐及那雙修長好看的腿，她演唱時略帶德文口音，個人風格強烈，很快在好萊塢大紅大紫，她在「摩洛哥」一片中身穿夾克和長褲，造型現代，使得女性穿長褲蔚爲一時風潮。

而許多著名作家也拜倒在她的魔女形象（femmefatal）之下，海明威便說過，光聽她的磁性聲音就令人心碎，何況她擁有那麼迷人的身體，絕無僅有的謎般臉孔。從前，我看這名煙視媚行的女子，她抽菸的樣子使我覺得人生似乎別有味道。

瑪蓮．德狄希當年在好萊塢拍片時花最多時間在形象的經營，她幾乎全天候都在和著名造型師班東試穿討論她的造型，她比安迪華．荷更早便知道，誇張不是藝術的表現，而是藝術全部的內容。

瑪蓮．德狄希加入美籍，畢生反對納粹，二次大戰時還到前線爲美國勞軍，這些事情使她在六〇年代返德時未受到盛大歡迎，她繼續演唱了一段時間，最後演出的美國影片是「紐倫堡大審」裡的寡婦。

德狄希一生都不肯丟東西，數十年在倫敦和加州都租了房子儲存她的過去，如戲服、日記、照片。她的女兒把這些資料寫成一本書，她對母親愛恨交加，一生抑鬱，唯一做過的事便是出這本書復仇，在她嚴格批評母親的段落中，我卻看到巨星的另一張臉，她原來也曾經是喜歡做菜樂於助人的家庭主婦，對女兒並非沒有盡到母親的照顧，也許瑪麗亞太多愁善感。瑪麗亞多次自殺未遂，出書後才原諒母親。

瑪蓮・德狄希 Marlene Dietrich, 1901-1992

德裔美國電影明星，生於柏林，從小學音樂，二十歲在柏林首次登台演出，幾年後演出電影「藍天使」一炮而紅，被邀前往美國發展，派拉蒙重金簽下七年約，曾與比利懷德、希區考克及奧森威爾斯等大導演合作，以磁性聲音及冷艷外表征服美國觀眾，三十七年拒絕納粹高官重金片酬，加入美籍，大戰期間經常去前線為美軍做勞軍表演，八十年代隱居巴黎，九二年於睡夢中逝世。

普拉絲與她的心理治療師

魯絲老時貧病交迫，靠社會福利金過日，沒有人知道她曾是美國文學史上最受人注目的憂鬱皇后普拉絲的心理治療師。

一九六三年二月的一個晚上，魯絲．蒂凡妮．班豪斯剛從醫院回家，正在讀晚報的丈夫淡然告訴她：妳的病人作家普拉絲自殺死了。魯絲的丈夫知道他妻子與普拉絲的關係匪淺，對此事卻不置一詞，繼續埋頭讀報紙。

魯絲．蒂凡妮．班豪斯震驚之餘，一個人走到廚房倒了滿杯的酒，不但好友兼病人死了，丈夫居然對此事這麼冷漠！那天起，她與丈夫便形同陌路，幾年後，魯絲便離婚了，在普拉絲死後，她陷入無止境的哀傷和自責，為此她自己也做了好幾年的心理分析。

魯絲是馬克林恩精神醫院的精神科醫生，一九五三年她三十歲，因吞安眠藥自殺未遂的普拉絲被送到醫院來療養，魯絲被指派爲心理治療師，魯絲從第一眼看到普拉絲便對她有好感，她們二人應該都是那種智商很高，對自己要求很嚴，對人生和事業也有一定看法的人，只是普拉絲更年輕，那時她才十九歲，已顯露寫作長才。

魯絲多年後表示，當時自己仍在接受心理分析的訓練，連自我心理分析都沒做完（心理分析師學業中極重要的一部分），普拉絲是她第一個病人，但是普拉絲和她的母親並未發現，相反地，普拉絲極其信任魯絲，因爲魯絲的關係，她願意接受原本排斥的電療，而按照馬克林恩醫院的報告，電療也奇蹟式地治癒了普拉絲，院方認爲病人可以即時出院。

魯絲也在多年後說，電療在普拉絲身上若起了作用，多少是普拉絲內心裡那種渴望受罰的自虐要求。普拉絲出院後，因不信任他人，仍繼續固定與魯絲在波士頓做心理分析，魯絲多半規勸普拉絲要獨立自主，積極追求人生目標。談話內容集中在普拉絲控制欲極強的母親，後來普拉絲認識了英國詩人休斯，五八年至五九年，他們一度從英國搬回美國在史密斯學院教書，從

此普拉絲的話題又增加了休斯這個名字。

魯絲從來對普拉絲的勸言不外：遠離母親，擺除休斯。魯絲見過休斯，認定他不是好人，更不是好丈夫。普拉絲在英國讀書時追求多人不成，一遇休斯便不可自拔，那是沉溺的感情，明眼人都看得出來，但普拉絲為了逃離母親，馬上投入不看好的婚姻，並很快懷孕。美國心理學界到今天都認為，普拉絲患有嚴重的經前症候群及產後憂鬱症，但魯絲並沒有看到這些，她甚至不知道，普拉絲視她為母親，另一個母親。

普拉絲在日記中記載了一些有關魯絲的事情，看得出來，魯絲對她的影響至大，她給魯絲寫了無數的信，這些信在她死後被休斯燒掉了，休斯以為，普拉絲的死不能怪他，要怪只能怪這位不稱職的心理分析師，他甚至在詩裡嘲諷魯絲如何要普拉絲對他下床禁。魯絲給普拉絲的回信數量也極豐，後來因自責而燒掉了一大部分，另一部分則仍保存在史密斯學院，從信的內容看來，雙方沒有心理分析師與病人的關係，反而像姊妹淘或死黨。

魯絲老時貧病交迫，靠社會福利金過日，沒有人知道她曾是美國文學史上最受人注目的憂鬱皇后普拉絲的心理治療師。一位精神科女醫生瑪候達在九〇年代造訪她，知道她保有一些普拉絲親筆簽名的作品，建議她鬻賣，一本書竟然都可以賣到一萬四、五千美元。魯絲死於一九九九年。

魯絲・蒂凡妮・班豪 Ruth Tiffany Barnhouse

魯絲・蒂凡妮・班豪博士是美國著名才女詩人普拉絲的心理治療師，與普拉絲於馬克林恩醫院相識，從此結下友誼，普拉絲在其著名自傳性作品《瓶中美人》中將魯絲寫成諾蘭醫生，魯絲為普拉絲做心理分析，後來常到普拉絲家裡做客，當時普拉絲托欠魯絲心理治療費用，魯絲不以為意，並做她申請福爾布萊特的留英獎學金的推薦人。魯絲終生保持心理治療師應有的職業道德，從未向外人透露過普拉絲的病史，不過，她死前相當後悔自己把一部份兩人的通信燒毀。

克拉拉和舒曼的動人戀情

克拉拉到死前都念著舒曼，她死前那天還要孫子彈舒曼的作品，她在舒曼的樂曲中闔眼。

克拉拉．舒曼的人生精采絕倫。她是十九世紀歐洲最重要的女性作曲者及鋼琴家、大作曲家舒曼的妻子，也是布拉姆斯最愛的人。她的一生擁有所有現代電影劇本的必要元素：美貌、天才、暴君般的父親、精神病患的丈夫、一八四九年的革命、世人不容的轟動戀情、六十年不停歇的演奏之旅、超越李斯特的琴藝，無數的樂迷、鮮花和掌聲。

克拉拉．舒曼生於德國的萊比錫城，五歲那年父母離異，父親魏克是鋼琴店老闆和優秀的鋼琴老師，偶然間發現女兒不但不是聾子，還是個音樂神童，女兒在魏克嚴格的教導下，九歲公開演奏，十一歲開始巡迴巴黎、維也納等地，不但大文豪歌德是她的樂迷，奧地利皇家也頒給她最高榮譽。

十一歲的克拉拉愛上父親的高徒舒曼，當時舒曼二十歲。父親知道後幾乎要槍殺舒曼，魏克可能是對的，舒曼雖然有的是才華，但他老是喝酒及一副要死不活的樣子，沒有謀生的打算。克拉拉和舒曼熱戀，舒曼等了克拉拉整整十年，十年後上法庭打官司，他打贏了官司迎娶了二十一歲的克拉拉。

那十年他們被迫不准見面，只好透過友人的協助通信，克拉拉的父親並未否定舒曼的作曲才華，他雖禁止兩人見面卻把舒曼的作品〈蝴蝶〉（Papillons）交給女兒練習，那也是舒曼重要的創作，而只有克拉拉才有精湛及全知的詮釋，舒曼隨後也爲克拉拉寫了優美的〈女人的生與戀〉（frauen liebe und leben）。兩人過了二十四年的音樂知己生活，並生了八個孩子。

依那十年通信及婚後的交換日記內容來看，兩人非常相愛，克拉拉性格比較傾向現實，一心一意於維繫一個幸福的家，但她又是工作狂，把許多時間投入鋼琴演奏，而舒曼是憂鬱的，他埋怨克拉拉人前人後總是在表演，而克拉拉從小習慣紀律的演奏生活，她從來不直接去面對任何情緒，當舒曼發

飆時，克拉拉沉默陪著他，若有人指責舒曼，克拉拉又會全力爲他辯護。

一八四九年的革命年代，克拉拉協助舒曼逃離德勒斯登，前往杜塞道夫，舒曼在那裡出任交響樂團指揮，但個性卻不適合指揮和管理，他的指揮生涯逐漸變得難耐。結婚十四年後，舒曼的憂鬱症嚴重惡化（可惜抗憂藥還未發明），二度自殺不遂後，精神和身體狀況極不穩定，才住進精神病院，（噢，那年代的精神病院只會令人發瘋！）才兩年便過世了。

作曲家舒曼在結婚後面臨許多「大男人」問題：事業不固定，妻子是眞正養家的人，名聲比他還大，他希望克拉拉只演奏他一人的作品，但觀眾及贊助者並不這麼認爲。而克拉拉的壓力可能更大，她熱愛旅行演出，而舒曼卻喜歡在家獨處，她在家練琴時，他需要安靜作曲，她索性放棄了練琴，顯而易見，丈夫舒曼嫉妒她的成功，潛意識裡和她競爭，也暗地希望她放棄演出，而她因比丈夫成功而有罪惡感，但無論如何又必須養活八個孩子。

在杜塞道夫的日子裡，舒曼夫婦認識了許多樂界的人，其中布拉姆斯成爲他們的好朋友，天天來拜訪他們，舒曼死後，布拉姆斯成爲克拉拉的精神支柱，他爲她作曲，就像當年舒曼爲克拉拉，但兩人深知外界不容戀情，終生保持朋友關係，克拉拉病重前，布拉姆斯取消了義大利行，在家裡等待她病情好轉。但他沒等到。

克拉拉到死前都念著舒曼，她死前那天還要孫子彈舒曼的作品，她在舒曼的樂曲中闔眼，布拉姆斯傷痛逾恆，不到一年內也去世了。

克拉拉・舒曼 Clara Schumann, 1819-1896

十九世紀浪漫樂派的鋼琴演奏家，一八四〇年嫁給長她九歲的作曲家舒曼，舒曼死後克拉拉大力推廣他的作品，堅毅的精神不僅表現在音樂創作，還表現在家庭、事業上，對歐洲的音樂發展史有十分深遠的影響。她美麗的樣貌被印製在德國一百馬克的鈔票上，並被譽為「十九世紀最好的鋼琴家」。

如果有機會為你死，我會死

路易二世寫了無數的信給他最愛的人，他在一封信上甚至對華格納說：你是死前唯一我會愛的人……

路易二世是歐洲王室歷史中最奇特的人士，他愛華格納，長期資助華格納的歌劇，也愛建築，當他把一生夢幻建築起來，那就是著名的新天鵝堡，是華德．迪士尼所費力模仿的符號，也是所有童話故事的城堡，路易二世花費無數心思和公帑，把城堡建於阿爾卑斯山，城堡初步完工後，他只在裡面睡過三十九天。

三十九天後他溺死於慕尼黑史坦伯格湖，有人說他在湖上玫瑰島上喝多了酒，才不幸溺水，有人說，幾個攝政王之類的人對他不問政事並大量花用國庫的錢財感到不滿，並對國家的前途憂心，故意加害於他。這件事到今天仍眾說紛紜。

這位國王便是電影導演維斯康堤曾經拍過的巴伐利亞國王，路易二世，從小便器宇不凡，別國王室觀察他時認爲，「非常聰穎，體格好，有魄力。」他的馭馬術非常高明，今天如果報名奧運一定可以得金牌，王子從小喜歡讀書，但從未走出皇宮，沒有多少親近民情的機會，也對父親執政的環境沒有興趣，到十八歲那年，他才在日記記載他第一次和幾個隨從到慕尼黑市區逛逛的事。

一八六四年，年輕的路易即位，巴伐利亞的政客期待他會跟各界合作，沒想到驕傲的國王最後還是獨斷其行，他會在與部長開會時，講完自己的話便走，後來的司法部長馮保哈德寫了回憶錄：他是一個高度智慧的藝術愛好者，但是思想內容雜亂無章，沒有重點主軸。

路易二世熱愛文學家席勒的作品，他的文學老師是米夏耶爾·克拉斯，這位老師傳授古典文學傳統，並且把社會視爲服從的階級，因爲「國王是神的使者」。路易二世在皇家時，父王會說：「你眼睛所看到的，全部屬於

你。」但是不准他養烏龜，因爲大人認爲王子不該投注過多時間給烏龜。

路易二世雙親都不接近藝術，母親常說：「啊，我不懂你們爲什麼要讀那麼多書？」他們生了兩個兒子：奧圖和路易，兩人都害羞至極，奧圖的幽默和機智比路易得到父母更多的歡心，父母完全不明白他們兒子路易的鬱鬱寡歡。十四歲時，路易因目擊一位王侯在母親的逼迫下去採勿忘我，而在山崖跌落，從此有妄聽症，他也覺得有人在背後指點及命令他。

路易二世只想蓋城堡和資助華格納，他不但在山上蓋城堡，要聆聽華格納歌劇，並且在林登城堡下鑿了一個地下人工湖，爲了觀賞華格納的「唐懷瑟」，他還特地要人去美國找上剛剛發明電燈的愛迪生來爲他在地下室裡架設電源，以供表演打光。路易二世的行徑正像現代觀念藝術家，作品完美無缺，但是當年周遭的政客都認爲他瘋了。

路易二世曾經和奧地利蘇菲公主來往，不久後奉國王之命訂婚，路易二世幾乎快陷入神經崩潰，他承認他和蘇菲公主聊得來，因爲全在聊華格納的作品，他因此而願意和公主見面，但不願結婚，那時痛苦至極的路易寫信給當時他最愛的人華格納：

噢，如果我現在可以被一條神毯帶到您在瑞士盧森的房子，一、兩個鐘頭都好，我願意付出一切去做！

路易二世寫了無數的信給他最愛的人，他在一封信上甚至對華格納說：你是死前唯一我會愛的人……如果我有機會爲你死，我會死。

路易二世 1845-1886

一八四五年出生於慕尼黑的紐芬堡皇宮，二十二歲時與奧地利的蘇菲公主有過婚約，但後來卻無故解除。他不好政治與權力，卻相當沉迷於藝術與建築，熱愛文學家席勒的作品以及華格納的音樂，一八八六年在阿爾卑斯山上建立了他的童話王國——「新天鵝堡」。

那年沒有夏天

莎樂美在里爾克死後才明白自己一生最愛的人便是里爾克，莎樂美花了許多年在回憶他，並且寫了一本她對里爾克的回憶錄。

一八九七年五月十二日的那個晚上，年輕詩人里爾克（R. M. Rilke）尚沒沒無名，只是慕尼黑大學一名學生，在朋友家裡遇見莎樂美時，他只看她一眼便知道，他終生注定要愛這個女人，以及為她受苦。當時他二十二歲，而莎樂美三十六歲。

那年夏天，他們成為情侶。在後來的傳記照片中，莎樂美穿著寬大的裙子，蓬鬆的棕色鬈髮又多又密，臉笑得像一朵盛開的花，而里爾克年輕身體包裹在嚴肅及剪裁合身的西裝裡，略帶靦腆和仰慕的神情站在她身旁，他就這樣一輩子靠著她，不管他們分離多遠，不管他自己是否單身（他曾與雕刻家羅丹的女學生威斯特霍夫結婚，婚姻只維持一年），他無時無地不由自主地想著她，她是他的繆思，她是他的母親，她也是他的終生伴侶和精神分析醫生。

里爾克並非是唯一這樣愛過莎樂美的男人，另一個人是尼采。尼采見過莎樂美兩次，第一次見面時，尼采便向她求婚，但莎樂美沒答應，可憐的尼采，莎樂美是他唯一愛過的女人。

我二十八歲那年讀里爾克和莎樂美的通信，爲二人的戀情動容，後來在台北優劇場編導了這個故事，劇名便是「那年沒有夏天」，那時我只以里爾克的眼光去看二人關係，雖然由法國伽利馬出版的通信內容已經過編輯，大量刪除隱私內容，但我就是能想像並且接近里爾克的孤獨。德語詩人中我一直最喜歡里爾克，但多年後的現在，心境轉變，我開始明白莎樂美。

里爾克在一首獻給莎樂美的詩中，形容她像月光照進他的靈魂窗戶，又說，面對她時全然混亂，只能逃離她帶給他並讓他感到屈辱的美感，在後來的三十年當中，他們一起去了俄國兩次（里爾克甚至與莎樂美和她的丈夫三人行），四年中並在莎樂美父母離慕尼黑城不遠的別墅度過夏天，一九二六年十二月十三日臨終之前，里爾克還在瑞士瓦爾蒙療養院提筆寫信給她，他患的是白血病，而病情惡化的原因充滿詩意，因照顧花園，在摘折玫瑰花葉時，被花刺刺傷，從此一病不起。

里爾克去世時五十一歲，莎樂美已六十五歲，此事使她哀傷逾恆，也使她和佛洛伊德重新展開一連串的分析對談，她在與里爾克初識的四十年後才做出懺情：里爾克是她一生中唯一在精神和身體上都有互動的男性，她與別人（甚至結婚的對象）都沒有性關係。也說，她和里爾克不但像夫妻，更像姊弟，而對兩人感情只能保持距離，否則她有瀆聖般及亂倫的罪惡感。莎樂美深深被里爾克吸引，但她一生都不願與里爾克同居或結婚。

里爾克在布拉格出生，母親是名門之後，里爾克是她唯一的孩子，里爾克的姊姊在出生後便逝世，對母親是極大的心理打擊，隨後也因而離婚，里爾克便成爲她心靈創傷的投射對象，一直到六歲，里爾克一直被母親裝扮成女孩，而父親卻在他十六歲時要求他去從軍。這兩件事都對里爾克產生極大的影響，他可能更需要一個母親，但又對不眞實的母愛痛恨無比。莎樂美對他是全然的母性，也是全然的女性。

莎樂美是一個特立獨行的女子，出生於俄國聖彼得堡，從小在知識家庭長大，一心追求眞理，十六歲便退出教會，立志要做獨立思考的人，二十一歲與母親到義大利旅行，在羅馬遇見尼采，她在知性及精神上與尼采有許多深刻交流，但不喜尼采的虛無和女性歧視。莎樂美一生寫作不斷，寫小說也寫評論，她曾論尼采和易卜生，五十一歲起認眞到維也納拜師佛洛伊德，與佛洛伊德的女兒安娜合作研究佛氏理論，是佛氏學派重要弟子。

莎樂美在里爾克死後才明白自己一生最愛的人便是里爾克，但里爾克那時已走過煉獄般的苦痛折磨，莎樂美花了許多年在回憶他，並且寫了一本她對里爾克的回憶錄。

卡繆的女人

卡繆在筆記上說，他的母親就是耶穌基督。而《第一人》一書卻為了自己從未見過面的父親而寫。卡繆一生都在追求一種他永遠都不可及的混沌情感。

幾年前，我讀卡繆的最後遺作《第一人》（*Le premier Homme*）時，注意到他在寫作前所做的筆記，那些札記相當程度呈現他內心的某種秩序，那些斷斷續續既像警句又像詩作的隨筆使我相當感動，尤其在提及他與他母親的部分。

卡繆在筆記上說，他的母親就是耶穌基督。而《第一人》一書卻爲了自己從未見過面的父親而寫。卡繆一生都在追求一種他永遠都不可及的混沌情感。

那本書的手稿發現於卡繆死後的現場。那是一九六〇年一月四日，卡繆與出版商朋友伽利馬在度假結束駕車返回巴黎時撞上一棵樹，當時他四十六歲，距離獲得諾貝爾獎不過四年。

因爲卡繆遺孀法蘭辛之故，很少人提及當時手提包裡還有幾封情書。曾有人在沙特死前問過他，他最喜歡卡繆哪一部作品，沙特想都不想便回答：《墮落》，因爲那是卡繆自己的化身。《墮落》描寫一個巴黎名律師與無可理解的妻子之間的故事，而那位妻子便是法蘭辛，因爲卡繆外遇無數，曾經一度精神崩潰。

卡繆與女人的關係比起沙特和女人的關係要熱情得多，卡繆不像沙特那麼精明世故，而沙特也不像卡繆天蠍般耽溺。卡繆在與法蘭辛的婚禮前一晚還致信給女友Yvonne：即將結婚，我怕一生都要浪費殆盡。

卡繆那幾封情書寫於死亡前幾天，那時他人在普羅旺斯（Lourmarin），那裡是他和妻兒的夏屋，一九五九年十二月二十九日，他寫信給他的情婦：「這可怕的分離使我們持續明瞭彼此的需要。」隔天，他又寫道：「只想告訴妳，我週二抵達巴黎，光想到能看到妳，此刻寫信的我已在笑了。」再隔

天：「週二見，親愛的，我已經在吻妳了，並從心底祝福著妳。」同一天，還向紐約寄出一封信，訂下在紐約私會的時間。

這四封信分別寫給四個女人。第一個女人是一位簡稱爲Mi的年輕丹麥裔女畫家，卡繆與她在拉丁區聖傑曼大道咖啡館（Café Flore）結識，這位女士至今仍活著但過著隱匿的生活，第二位是一位英國女演員和前衛導演賽勒絲（Catherine Sellers），當時卡繆與她正在熱戀，她在卡繆過世後，曾把《墮落》搬上舞台，男主角竟是自己的丈夫，第三位是卡繆十六年的情婦卡瑟瑞絲（Maria Casarés），而第四位是布萊克（Patricia Blake），美國時尚雜誌*Vogue*的撰稿人，卡繆在四六年到紐約演講時，布萊克充當他的嚮導，那時她才二十歲，有才氣和文采，卡繆頓時無可自拔，開始一段長距離的異國之戀，布萊克在隔年來巴黎看望情人，卡繆便是在與她午餐的餐桌上獲知自己獲得諾貝爾文學獎，他當時激動到呼吸困難，差點無法走出餐館。

卡瑟瑞絲前幾年才過世，她在死前出版了自傳，詳述她與卡繆的戀情，她等了幾乎快四十年才托出眞情，原因也是因爲法蘭辛。卡瑟瑞絲是二十世紀法國最重要的演員之一，曾演過高爾多（Cocteau）的「奧佛斯」和多部經典電影作品，如「天堂的小孩」。一九八八年，我在巴黎曾在劇院後台和她聊天，她談話的模樣簡直像偷溜出來玩的孩子，儘管上了年紀，diva氣質仍銳不可擋，那齣希臘悲劇演出途中劇院停電，當光線再度出現時，我清楚看到她的表情像雕像，彷彿事情從未發生。

卡瑟瑞絲不但是卡繆許多舞台劇作的女主角，也是卡繆的紅粉知己，她是聰明有智慧的拉丁女子，當年她對付多情的卡繆只有一個辦法：當他是唐璜時，她便是女唐璜。

卡繆 Albert Camus, 1913-1960

為二十世紀存在主義大師，「荒謬」為其思想的一大重點，在作品中時而可見人與現實世界之間的冷漠、疏離與對立關係。一九四二年出版《異鄉人》一書，一九五七年因《異鄉人》獲得諾貝爾文學獎。代表作品有《異鄉人》、《瘟疫》、《薛西弗斯的神話》、《夏》、《墮落》、《放逐與王國》等等。

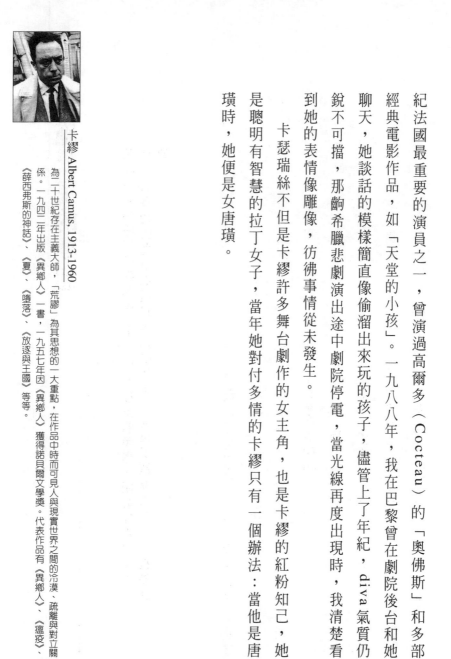

西施公主的夢想

羅咪一生都在頭條新聞中度過：她比後來的英國王妃黛安娜更受人歡迎，有關她的愛情婚姻甚至悲慘生活一向都是歐洲人茶餘飯後的話題。

「為了夢想，我出賣自己。」這一個聽起來像歌德、浮士德那樣的人物才可能說出的哲理句子，卻出自羅咪・史耐德，二十世紀歐洲演藝界最令人驚嘆的人物。她深具戲劇才華，卻少有生活的自信，以神祕美感的面孔受到極廣大歐洲影迷的歡迎和懷念，但卻有個悲劇都不如的人生。

這句話道破多少明星的神話。羅咪，一個太陽和月亮都在天平座的女子，上升卻是巨蟹。我並不是「西施公主」（Sissi）的影迷，但因看過一部羅咪演的爛片，從此對她印象深刻。那時我似乎在她身上看到某種熟悉的女性特質，一種對悲傷人世的懺情方式，那悲傷如此壓抑沉重，在某些人生時刻，你幾乎只能與人世自絕。那是因爲她相信眞實便是美，這個對眞誠的信仰使她有一種絕對的情感態度。

那個畫面裡的羅咪在咖啡館與男人談話，她推開桌上的杯盤，對著桌前的男人發火。我看到羅咪歇斯底里的身體動作和聲音，而男演員似乎一時不知如何招架，那是羅咪四分鐘眞情的即興演出，而我知道，不管什麼男人，此刻必定無能爲力，除了擁抱她或離棄她。

除此之外，羅咪還說：我可以演好一切角色，卻唯獨沒辦法演好自己。

羅咪．史耐德與瑪麗蓮．夢露有類似的人生，羅咪死時四十二歲，長期酗酒用藥，羅咪的前夫和兒子都不告而別離開人世。羅咪說她出賣自己，她的意思是，說穿了，表演便是自我的出借，她的意思是，爲了如眞的夢幻，她可以置現實的自我於不顧，她的意思也是，爲了讓觀眾可以如癡如醉地進入夢境，她願意出讓自己。這最後一點也是演藝工作經典的詮釋。

羅咪．史耐德生於一九三八年的維也納，她的父母都是著名的演藝人員，同年，史耐德一家搬至德境雄高，羅咪從小便是童星，十八歲那年演了

「西施公主」後轟動全球，該片在歐洲各國一演再演多年欲罷不能，按照羅咪的說法，當時片商捧著令人驚愕的大把鈔票，爲了讓她接下續集，但她堅持不收，因厭惡沒有挑戰的重複，羅咪後來一生都如此，她總是爲了嘗試不同的角色，堅持不同的演出，因滿心反叛常規，正像她說「忠實於自己眞實的情感」，不但運氣不濟沒遇到好的導演或作品，且也沒遇到好男人。她短短一生演了五十七部電影，大多數作品都不怎麼出色。大部分的影迷只記得她西施公主形象。

羅咪一生都在頭條新聞中度過：她比後來的英國王妃黛安娜更受人歡迎，有關她的愛情婚姻甚至悲慘生活一向都是歐洲人茶餘飯後的話題，八二年驟然去世，從此，就像莫札特一樣，成爲德奧兩國人民的恆常爭執：奧地利人總是說她是奧地利人，但德國人又堅持她是德裔。

事實上羅咪離開德國後，從此便以巴黎爲家。她死後也葬在巴黎，墓碑上只按照她意思刻著她的平凡姓名：Rosemarie Albach。

羅咪一九五八年到巴黎去拍「克麗絲汀娜」時認識亞蘭德倫，那並不是一見鍾情的愛情故事，後來他們陷入嚴重的愛戀，攜手演出幾部電影，在羅咪去世後，亞蘭德倫幾度宣稱，她是他一生的最愛。羅咪在死前與自己的祕書成婚，生下一個長得與她很像的女兒。她一生到底愛過誰？可能誰也沒愛過。她的父母從小遺棄她，使她有那種既疏離又無安全感的人際關係，她也有那種要命的誰也不信任的人生態度。

但她卻從小便夢想要當演員。

羅咪・史耐德 Romy Schneider, 1938-1982

一九三八年出生於維也納，雙親都是著名的演員，十八歲時主演了「西施公主」而聲名大噪，一九五八年演出「克麗絲汀娜」時與亞蘭德倫相識、相戀。羅咪喜歡嘗試不同的角色，一生共參與五十七部電影的演出，但只有「西施公主」在人們心中留下印象。

文學家席勒的三角戀情

席勒做了決定，沒有人能說這個決定的對錯，他選擇青春的夏洛特，從此夏洛特終生照顧席勒一直以來飽受折磨的身體。

她叫卡洛琳，已婚，有思想也有才華，琴藝精湛，年紀三十餘；而她則叫夏洛特，未婚，是卡洛琳的小妹，一個不懂世事的少女，她們兩人在一七八八年都同時愛上德國文學家席勒，這段三角戀情持續了將近二年的時光，一直到席勒決定娶夏洛特爲止。

席勒是德國文學史上擲地有聲的名字，地位不亞歌德，或僅次於歌德。席勒年輕時因歌德霸佔文壇的注意，本來痛恨歌德，但與歌德結識後，逐漸從敵變成友，最後成爲至交。席勒鼓勵歌德寫完《浮士德》，並協助歌德整理劇場，推出幾個由他撰寫的重要劇本演出，席勒比歌德年輕許多，但卻比歌德早死，四十六歲死於肺病，死後歌德甚爲哀慟，後來要求把席勒的頭蓋骨置於自己的寫字桌上。

他們二人正是十八世紀末文風鼎盛的威瑪古典的靈魂。

席勒有個嚴格寡情的父親，從小要他學法律和學醫，席勒照辦，但求學過程便對莎士比亞作品很感興趣，大量閱讀文學作品，十八歲寫出劇作《強盜》的第一幕，「強盜」在他二十三歲時於曼漢姆市首演，轟動一時，幾年後，法國政府還因作品的傑出，頒給他榮譽市民證。

「強盜」演出不久，席勒的肺病發作，而被迫放棄行醫，爾後席勒曾一度因非法旅行被關，之後他逃離曼漢姆，開始過起波希米亞的生活，結交一生的好友柯能等人，對方提供他旅費和一座莊園，讓他在那裡安心創作，在那幾年不但寫作有成，在柯能的陪伴下，也陸續認識許多藝文界的朋友，當然，戀情也從未斷過。

三十歲那年，他宣告親友他想結婚。就在這一年，他受藍斯斐一家邀訪（那時的貴族都喜歡邀請文人做客），認識了藍斯斐姊妹卡洛琳和夏洛特，藍

斯斐家爲席勒在城郊租了一棟舒適有風景的公寓，席勒每天都到藍家去做客吃飯聊天，席勒喜歡藍斯斐一家人，立刻愛上藍斯斐一雙姊妹，卡洛琳雍容華貴，氣質高雅，夏洛特青春無限，小鳥依人，席勒每天都會與這對姊妹固定約會，經常三人行，難捨難分。

幾年前經過威瑪，走進席勒當年婚後住的房子，在他寫作的房間裡，我曾打開抽屜想看是否那裡正藏著一只蘋果。歌德的徒弟和傳記作家艾克曼曾記錄過席勒寫作時會在抽屜藏一些蘋果，那蘋果腐爛的味道使他安心寫下去，我想他嗅覺靈敏，他喜歡聞不同的氣味。但那桌子裡已沒有蘋果了，倒是街上麵包店多賣著席勒愛吃的奶油捲。

藍斯斐姊妹在這三角關係中受了不少苦。尤其是姊姊已婚，婚姻並不幸福，她對席勒的文學與藝術十分傾心，兩人思想上又如此契合，使她更爲激動，這點席勒也發現了，他給姊姊寫更多情書。妹妹夏洛特是一個仰慕大師的女孩，她願意爲作家做出一切，甚至於死，但她不能與作家攀談，她只有聽的分，她也喜歡聽，但她無法再忍受姊姊在場。

夏洛特過了一年多的三角戀情生活，有一天覺得自己簡直要瘋了，她要求席勒做出選擇，她知道席勒比較愛姊姊，她一定會落空。席勒回信給她，「我是很愛她，但是妳沒發現，我也愛妳，我愛的正是妳與她的不同。」

席勒做了決定，沒有人能說這個決定的對錯，他選擇青春的夏洛特，從此夏洛特終生照顧席勒一直以來飽受折磨的身體，夏洛特為他生兒育女，並且做出一切讓作家安心寫作。

我只是不知道，那雍容華貴的卡洛琳後來的人生怎麼樣了。

席勒 Friedrich Schiller, 1759-1805

德國詩人、劇作家、文學理論家，德國古典文學的創始人，一七八一年創作了首部劇本《強盜》，在他的作品中表達渴望自由、維護人性尊嚴，並且無情揭露封建專制制度的醜惡與黑暗。荷馬的史詩和康德的哲學思想對席勒都有深遠的影響，他的作品有《論樸素詩與感傷詩》、《美育書簡》等多部評論與詩集。《威廉·泰爾》是他死前的最後一部劇本。

貳：

我從未真的發瘋，除非受到心靈震撼……

——愛倫坡

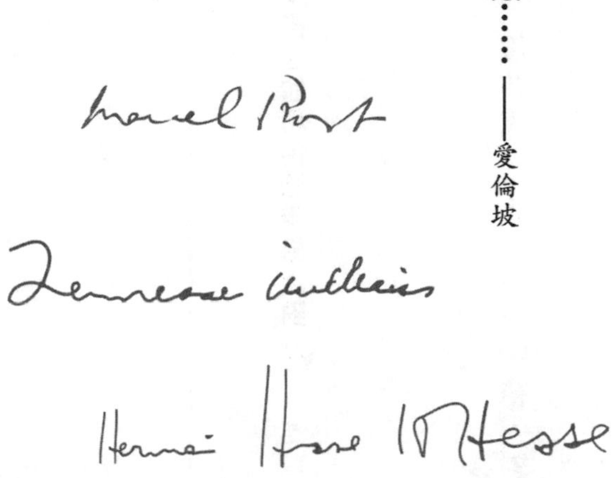

永別了榮格，佛洛伊德敬上

那一年榮格做了一個精采絕倫的夢，那個夢預告了他和佛洛伊德走到分道揚鑣的臨界。

一九〇九年是榮格一生中至關緊要的一年，沒有那一年，沒有榮格，對人類心理思維而言，形同失落重要的精神地圖指標。

那一年榮格離開了蘇黎士伯格候茲里精神醫院，那一年他與女病人史碧爾埃的緋聞鬧得沸沸揚揚，妻子艾瑪打算跟他離婚，那一年榮格受冕爲精神分析王國的王儲，佛洛伊德稱他爲兒子，那一年，佛洛伊德在與他同行的旅途中暈倒，那一年，他做了許多夢。那些夢開啓了他的自我之窗，使他勇敢邁向神祕主義的冒險。

一九〇九年，榮格和佛洛伊德受邀一起到美國講學，他們在幾個月相處的過程中，花了許多時間爲彼此的夢解析。那時，佛洛伊德把榮格視爲繼承衣缽的人，但榮格已經對佛洛伊德的權威心態感到懷疑，而榮格種種有關神祕主義的調調使佛洛伊德備感不妥；那是弒父的威脅。榮格後來說，他不滿意佛洛伊德對他夢的解析，認爲佛洛伊德武斷並急於保護「性和原欲」的理論，那一年他已知道佛洛伊德不會理解他的心靈。

那一年榮格做了一個精采絕倫的夢，那個夢預告了他和佛洛伊德走到分道揚鑣的臨界。榮格夢到自己走進（自己的）家，大廳一樓是中世紀的老陳設，地下室可追溯到羅馬時代，而經過狹窄石梯通到史前的洞穴，撥開塵土，他找到兩塊史前人類頭蓋骨，年代久遠……

榮格認爲地下洞穴象徵的乃是人類集體潛意識。當時，佛洛伊德和榮格各抽著菸斗和雪茄，佛洛伊德爲榮格分析此夢，想推敲的是榮格對誰有死亡的願望，而榮格隨口扯謊道那兩個頭蓋骨應該屬於他的妻子和妻妹。

按照榮格的說法，那時的佛洛伊德認爲榮格心底深處盼望他的死亡，以繼承或取代他。佛洛伊德對榮格的回答鬆了一大口氣。兩年後，佛洛伊德兩

度在慕尼黑的心理學大會上昏厥，榮格說，他將佛洛伊德扶持到沙發上躺下來時，佛洛伊德是以兒子望向父親的目光望向他，至此，兩人的父子情結導致精神位置錯亂，矛盾加深，隨後，佛洛伊德在一封信上建議雙方結束友誼關係。

榮格把夢中的房子解讀爲自我個體，地下室和洞穴釋爲集體潛意識，這樣的詮釋確實比佛洛伊德精準，但再回到佛洛伊德當年的詰問：到底榮格當時是否對別人有隱晦的死亡願望？這個問題到底重不重要？這個夢還有什麼解析的可能？榮格爲什麼會說頭蓋骨屬於妻子和妻妹？

榮格一九〇七年第一次到維也納去拜訪佛洛伊德，兩人從中午一點起片刻不離地談了十三個小時。榮格在兩年後卻對一事耿耿於懷，他認爲佛洛伊德堅持權威，不肯對他透露自己與小姨子明娜的戀情，榮格在自傳稱，明娜曾向他表白她爲自己和佛氏的關係感到痛苦，因此榮格曾旁敲側擊，但佛洛伊德卻不願誠實相告。

佛洛伊德究竟和他的小姨子有什麼樣的戀情，外界所知不多，也有人說，或許明娜自作多情，或許榮格記憶有誤。反而是榮格的外遇史經常被提及，他和佛洛伊德一樣，一生總有許多女病人和女學生圍繞，高大風趣的榮格當然比佛洛伊德更受到女性的歡迎。

一九〇九年，榮格在情感上找到反駁佛洛伊德的藉口，那其實是他對佛洛伊德的利比多（libido，原欲）理論擴大了懷疑的依據，一九〇九年，榮格已踏上個體化的心理分析之路，他在黑色的神祕主義思潮揚帆，潛意識已告別了佛洛伊德。

榮格 Carl Gustav Jung, 1875-1961

榮格師承佛洛伊德，他醉心於東方學術、煉金術以及神祕主義，並把有關宗教與靈魂等佛洛伊德忽略的重要問題，引介入心理分析的領域，曾發表許多重要的理論，如：「阿尼瑪」（Anima）、「阿尼姆斯」（Animus）、「原型」、「同時性」、「冥合」等，是二十世紀具有里程碑意義的思想家。

土星寶瓶的榮格

他是在三十六歲才著手開始自己另一個生活。他是在離開佛洛伊德的利比多理論，才找到自己的學術天地。

我不認爲榮格在這件事上完全是對的。但我跟從了他的腳步，學了星座學。我試著了解他，但並不打算成爲占星專家，我覺得人類的生活和心理太繁衍多面，很難只從星座圖去解開一切祕密。

榮格自己分析自己的星盤，他曾經說過，他命中土星（寶瓶）的關係，延緩了他對自己眞正有興趣的研究，他是在三十六歲才著手開始自己另一個生活。他是在離開佛洛伊德的利比多理論，才找到自己的學術天地。

我有時想像一九一一年在蘇黎世的榮格，每個晚上花好多時間推算星盤（現在只要輸入電腦資料隨時可得），他把一些病人的星盤算了又算，還提筆寫信給佛洛伊德，甚至表示從女病人的星盤看出她與母親的關係受苦。我也想像過佛洛伊德好幾天後在維也納收到這封信，他展信閱讀時蹙著眉頭，心裡動念思索如何回信給這位他極爲愛護看重的弟子：希望你玩完這玩意兒後，趕快回到精神分析的堡壘來吧。

榮格是一個這樣的人：太陽獅子，月亮金牛，上昇則是寶瓶。他說有幾次在不同場合，不認識的人問他星座位置，他才一說，馬上獲得極高的評價，那些人是怎麼辦到的？他自問。他的星座象徵組合出一種外在形象，的確相當迷人，但這些人可能並不知道榮格內在對立和衝突之大，僅僅是海王星（雙魚座主宰星）與太陽成九十度衝突位，就夠使他一生波瀾不斷，甚至精神崩裂。

大部分的時候榮格是對的，星座學可以解開一些密碼。我從星座的學習中的確看出自己的原型和內在衝突，對自己有更一步的了解，譬如自己原來是一個內傾型的人。但我也知道，除了星座和心理分析還有別的方式可以幫助自我了解，如野外大自然經驗及創作等等，還有靜坐修行。靜坐是榮格本人沒有體會及發表言論的領域，但榮格說他學瑜伽，他做瑜伽是爲了讓自己靜下來。

占星學其實便是解析宇宙的秩序，我有一年便沉浸在這樣的宇宙秩序裡頭，想知道人事天命，更想認識自己。那一年，我在星座學院遇到許多對星座理論非常投入的人，那些人都準備成爲占星專家，他們（女性比較多一點）會排隊去聽麗茲．格林的演講，會去報名一年一度的星座論壇會議，會吸收各種派系理論，研讀西方神話，謹慎地使用宇宙學常識，當他們有意把這門學問當成職業時，我注意到，一般人的情緒意象過於片段，並沒有能力指辨象徵，也沒有能力在同時性中看出端倪，而占星便是說出象徵啊，一葉知秋，你自己便是宇宙。

我離開占星的人群，因爲他們只懂得占星。

榮格也說過，很多人濫用星座學知識，卻解析不準確，星座學仍然需要更多科學佐證，他說的可能是像數學家高科蘭（Michel Gauguelin）那樣的統計研究。榮格曾經做了類似的研究，當時卻被美國芝加哥大學批評爲毫無意義可言，但榮格知道後只淡然表示：人類已經走入寶瓶世紀了。

我欣賞的宇宙認知是五千年前的蘇美人文化，那時的人在小孩出生時，往沙漠一看晨星或昏星的名字，便完全認識自己的孩子，他們只要看看天空便知道自我的內在。

她們都愛榮格

榮格為她們分析，愛上她們，這些女人本身也有分析長才，她們被榮格吸引，與榮格在學術上互動極深。

榮格不管在學術或人格上都有缺陷，但我仍然一心向著他。一個相信鬼魂和幽浮（UFO）的心理分析理論家，一個輸牌會發脾氣的大男人，一生與女人扯不清的丈夫，一個愛狗的人，一個美食家和廚師，一個粗心大意到玩鞭炮時把女兒耳朵炸聾的父親。

榮格的學術缺陷與他矢志飄流黑色神祕主義思潮有關，尤其是晚年煉金術的研究，但那也正是榮格思想獨特之處。要知道佛洛伊德有多納悶？一次他和榮格對談，室內櫃子發生巨響，而榮格卻詭異地告知：還會響一次！佛洛伊德無論如何都勸不動榮格放棄神祕主義。榮格後來總是振振有辭地說，那櫃子果不其然又響了一次。

我曾因榮格長篇大論的神祕主義離開他，但我又因此回來靠近他。且爲了他學了一整年的占星學。

我也爲他來蘇黎世，我偶爾坐在蘇黎世湖畔的陽光旅館（Hotel Sonne）的二樓房間，看著窗外湖上的遊船，或者冬天湖邊的殘葉敗柳，湖是完美的湖，彷彿沉澱了所有人的重要思想，旅館有榮格的足跡，離榮格學院（他生前的湖邊花園洋房）只有兩分鐘路程，以前總是住著一些有錢有閒及有思想的女人，她們從歐洲各地趕來，在旅館等待著榮格的電話，以便到他的書房去做一次心理分析，她們在一些心理學論壇後的自助餐會上像蒼蠅般黏著榮格，以便不遺漏每句他講的笑話。

榮格的笑話其實不好笑：給我一個心理健康的人，我便會幫他成功地做出分析，或者合法的外遇是良好婚姻的通行證。榮格的妻子艾瑪也聽過這樣的笑話，她一生想在學術上能與榮格匹配，但力有不逮，最後成爲追隨榮格理論的心理分析師，她爲榮格生了五個孩子，並忍受榮格無數次的熱烈外遇。

榮格廣受女子歡迎，但他只喜歡一些有困境的愛情關係，他的外遇對象全是他的病人（今日心理分析行業大忌），譬如患歇斯底里症的女病人史碧爾埃，因喪父悲慟到無法生活的東妮·渥夫，譬如瑪莉亞·墨哲兒，或者他晚年認識的十九歲女病人馮·法蘭茲，榮格爲她們分析，愛上她們，這些女人本身也有分析長才，她們被榮格吸引，與榮格在學術上互動極深。

我坐在他以前的書房，現在已成爲圖書館收藏榮格研究。東妮·渥夫花了許多時間坐在這裡爲榮格發展阿尼瑪及阿尼姆斯的思想和打字，但我卻認爲這一套理論其實不值得她花那麼多年。我在想，當年榮格堅持她是他的另一個妻子，每天上午要求渥夫到樓上一同工作，艾瑪和樓下五個孩子不准上樓打擾，那些年艾瑪怎麼忍受？

榮格還是醫學院學生時，有一天在舞會上看到當時十五歲的艾瑪，榮格那時不知道她便是全瑞士最有錢人家的女兒，開玩笑地對同伴說：我要娶的就是像她這樣的人。榮格的直覺非常準，五年後，他與艾瑪結婚，艾瑪面相高貴且決心追求知識。她生命中有三個完全過不去的時期，但她並未離婚，因爲榮格不肯。她是皇后，這是榮格在她死後給她的評語。她的人格原型如果是皇后，便是沉默的皇后，她的沉默便是權力。

史碧爾埃和東妮．渥夫都以爲榮格會爲她們離婚，她們錯了。史碧爾埃返回俄羅斯開業並所嫁非人，渥夫雖然人前人後都是榮格的愛侶和工作夥伴，但也度過許多不爲人知的孤單時光，晚年她不願爲榮格翻譯一些煉金術的原文，使得十九歲的馮．法蘭茲趁虛而入，渥夫得了奇怪折磨人的關節病，六十四歲過世，兩年後艾瑪也去世了。

她們都沒辦法不愛榮格。

佛洛伊德的帳單

佛洛伊德當然是史上第一個以病人付費致富的人。他在歐洲經濟大蕭條時是靠美國病人的帳單維生，鐘點費比一般人的月薪還高。

「要報稅用嗎？」我的心理醫生抬頭千篇一律地問。「不用報稅。」我一樣回答，然後將支票推向桌前。她在那張讓我想起佛洛伊德式的帳單上填了金額和簽名，字跡搶眼好看，然後把帳單交給我，「其實妳可以試著退一點稅啊。」

她是榮格的嫡傳弟子，心理分析界頗有名望的美國學者，偶爾穿著龐克夾克染成金髮，偶爾穿中國棉襖恢復黑髮來應診，會談室有Art Deco的設計風格但總是狗味很重，她像病人那樣斜躺著與我說話，而我卻像心理醫生那樣直坐著。

偶爾不會，偶爾在付完錢的回家路上，我會質疑：她提的都不是重點，她所說的我自己全知道，她好幾次談話時間從五十分鐘縮水到四十五分，她常常看錶，並且從不做筆記，沒有留下談話資料，她老是半躺在那裡，她打過呵欠，逐漸地：她不值得每小時付一百五十歐元。

她值得嗎？

這樣的質疑已多年了。我以前在一個所謂的佛洛伊德派分析「大師」那裡做分析，也有一樣的質疑，這些疑問最後當然都指向心理分析的療效：對那些活過心靈災難的人而言，心理分析值得做嗎？值得花這麼多錢嗎？

這可能也要怪佛洛伊德。他在一九一三年一個報告中強烈主張，心理分析病患必須付錢做心理分析，因爲這是唯一讓病人和治療師重視治療結果的動機。佛洛伊德當然是史上第一個以病人付費致富的人。他在歐洲經濟大蕭條時是靠美國病人的帳單維生，鐘點費比一般人的月薪還高。

不過佛洛伊德也知道，有許多不必付錢的心理分析其實更具療效。

佛洛伊德是第一位展開 The talking cure 的精神分析醫生，在一九〇〇年

出版《夢的解析》後，要求他分析的人如過江之鯽，使他很快便可以在Berggasse買房子，但他也在通貨膨脹的年代一夕之間失去所有的財產，那些年，他唯一的收入是美國病人的鐘點費，他與他的傳記作家鍾斯把美國病人統一戲稱爲他的「negro」（後來引起爭議），美國人遠道而來，一小時付幾百奧幣，使得他的生活逐漸富裕無憂，並有餘力去幫助像莎樂美這樣的好學生，他支付她到維也納與他學習的旅費。

那些年佛洛伊德常常到維也納火車站接待由新大陸來的病人，那些人多年後提起他有褒有貶，一些人說：他花許多時間談他的利比多理論，他談來談去都是這些。而讚美他的人都盛讚他的分析感很強，英文很流利。

一九三三年，芝加哥一位叫格林克（Roy Grinker）的醫生在父親的建議下寫信給佛洛伊德，他表示有意到維也納住上長時間與他做分析，佛洛伊德在信上先恭喜對方將成爲芝加哥第一位與他做分析的人，然後教訓對方在談論價錢方面不清不楚，他自動開價一小時二十五美元，在幾個月的討價還價的通信後，佛洛伊德承認自己太貴，主動降價到一小時十美元。他的說法是：「你的懷疑是對的，我的貪心很可能攸關到你未來的心理分析事業的前途。」

這位格林克醫生到維也納待了幾個月後，有一天佛洛伊德收到格氏妻子的長信，這位太太向大師抱怨她丈夫已做了好幾個月的分析了，根本毫無改變。

佛洛伊德收到信後氣沖沖地告知他的美國病人格林克：你現在是全世界最後一個我有興趣分析的人。但格林克後來卻因爲這段經驗，果眞成爲芝加哥心理分析業界重要人物。

佛洛伊德 Singmund Freud, 1856-1939

奧地利著名精神病學家，精神分析學派的創始人，現代心理學的奠基者。其理論中對於人性的解釋不但影響了心理學，更對二十世紀人文學科各領域如：哲學、文學、美學、倫理學等產生無與倫比的影響，被譽為二十世紀西方偉人的思想之父。

佛洛伊德的女兒

安娜．佛洛伊德是一個值得精神分析大師愛的女兒，她把自己那二十五年對父親的懷念和夢全都記了下來。

安娜．佛洛伊德的故事正像莎劇《李爾王》裡的女兒科內蒂亞。她就像科內蒂亞原來並不受父親重視，並爲此受苦，她沒有姊姊的美貌或家管能力，但最後卻贏得衰老病痛父親的心，她陪伴佛洛伊德生平第一次搭飛機到柏林看病，並且照顧他十六年的口腔癌患病時光。她並且是佛氏學說的重要傳人，是兒童心理分析學說的重要開創者。

安娜．佛洛伊德生於一八九五年十二月三日，是佛洛伊德六個孩子中最小的女兒，從小頑皮喜歡惡作劇，比她大兩歲半的姊姊蘇菲是她早期的生活陰影，蘇菲因長相比她美麗，因此吸引較多大人的注意，使安娜對自己充滿自恨，一些有關安娜羨慕姊姊吃草莓的描述便曾在佛氏鉅著《夢的解析》中出現，一直到一九一三年她寫信給父親：我很高興蘇菲終於結婚了，我和她永無停止的爭執對我實在太恐怖了。

安娜一九一二年在維也納讀完中學，當時已開始閱讀父親的著作，但尚未決定人生事業，她前往倫敦學習英文，但未久居，二十五年後，她辦理所有赴英事宜，協助父親和全家逃離納粹統治的維也納。

安娜・佛洛伊德一九一八年走上心理分析之路，是因爲精神分析始祖的父親那年決定爲女兒做心理分析，兩年後，父親和女兒一起到海牙參加國際精神分析大會，從此，他們也擁有許多共同的朋友，其中最重要的如德語作家莎樂美和里爾克，莎樂美是尼采和里爾克的愛慕者，而安娜熱愛文學，她尤其著迷於里爾克的文字，她後來也成爲里爾克的好友。或者還有佛洛伊德的英語傳記作家鍾斯，拿破崙的後代波拿帕公主，前者是佛洛伊德最重要的助手，後者則是有錢和有權的資助人，她把佛洛伊德的作品引介到法國。

安娜・佛洛伊德在一九二二年提出她的論文，論文題目是〈鞭打的幻想

和白日夢〉，從此成爲兒童心理分析專家，照顧生病的父親，繼續父親的事業，她的一生簡直是爲父親而活。論文題目與父親所做的精神分析息息相關，對照她的論文和佛洛伊德的報告後不難發現，安娜和佛洛伊德不但是李爾王和科內蒂亞的關係，更像依底帕斯和他的安娣龔（Oedipus/Antigone），安娜犧牲自己的性慾和精神以成爲父親的眞正的女兒和不死的女神。安娜不只以論文來回答父親內在的渴望，她變成了她父親。

這裡是佛洛伊德當年記錄的一個私人祕密之夢：我愛上我的「妻子」安娜。我六十歲，她四十三歲，我們已結婚二十五年，生了幾個孩子，因爲一些不同的負面因素，我們婚姻有一半以上都是分床睡，事情的改變是，一晚在同事家有一次公平和交流的談話，我走回家時帶著滿足的感覺，但心底深處又是悲傷的……我並沒有自然的天分去接受原欲的死亡，安娜也沒有完全失去對我的吸引……長時間來我試著去引起她的反應，但現在我覺得那些試探沒有意義。一部分是因爲我昇華了那些情感，一部分是因爲我緊附著年輕時代的熱情，我在那些時代有那麼一點藝術天分，在那些談情說愛的時光，她允許我爲她做一些非常色情的裸體素描，我非常欣賞它們，並且常常使用它們，我計畫著當晚便使用它們，當我打開門時，安娜出現了，微笑，穿著透明的長袍。佛洛伊德在夢中不但愛上女兒，並且對她產生性慾。

安娜．佛洛伊德是一個失落的女兒，她終生都是。父親死後，她的失落更深，以至於也有這樣的失落之夢：我夢見，就像我常做的，他出現在這裡。最近這些夢都有相同的性格：主要的角色不再是我對他的依戀，而是他對我的，場景都是他的溫柔，那些溫柔就像我早年對他，事實上他對我很少顯示那樣的溫柔，除了一、兩次，那些記憶永遠留在我腦中，夢境與事實相反，可能是我的渴望已經實現，或者其他原因，第一次夢到這樣的夢時，他告訴我：我一直想望著妳啊。

在一封致波拿帕公主的信中，安娜繼續記錄了幾個與父親有關的夢，其中一個夢，她的父母在某個黑暗城市失蹤了，她與搜索隊前往尋找，他們很快找到母親，但卻找不到她的父親，她相當沮喪，要求他們繼續找，但看起來毫無找到的希望。

安娜・佛洛伊德是一個值得精神分析大師愛的女兒，她把自己那二十五年對父親的懷念和夢全都記了下來，發表在一篇名爲〈失去和失落〉的論文中，她延續了父親的精神理論，她保存了佛洛伊德的不朽，她的父親就活在她自己之中，她也因此成爲獨特的人，但她無法超越父親，這並非她的原意。

安娜・佛洛伊德 Anna Freud, 1895-1982

精神病學大師佛洛伊德的女兒，也是英國兒童精神心理分析師以及先驅，一九二二年發表了第一篇關於精神分析的論文，一九二三年成為心理分析師，並擔任國際精神分析協會和維也納精神分析訓練學院的主任。佛洛伊德死後，安娜專攻英國兒童精神分析，並且在戰時興建孤兒院以及學校。安娜與佛洛伊德生前的住所，後被改為博物館供人紀念參觀。

雷蒙・卡佛戒酒的日子

雷蒙・卡佛陪伴我很多年，我讀卡佛，在他的作品裡看到他的人生，也看到自己的人生。

八九年冬寄宿在台北復興南路時，偶爾讀了一篇雷蒙・卡佛的短篇，從此之後的幾年便常讀卡佛，最後一本是在九八年墨爾本往愛麗絲泉的路上，是他的散文及詩集（*Fires*），讀到卡佛筆下自我的人生，他在書中提及他的父親，他也需要一個拍拍他肩膀要他好好走下去的人。我在旅程中讀得滿臉是淚。

我現在已不讀卡佛了，我把他的書墊在頭下做瑜伽。他喜歡援用小說裡的句子當做書名，譬如：當我們談愛時我們都談什麼？又譬如：請你小聲一點，好不好？

我認爲雷蒙・卡佛的短篇寫得跟契柯夫一樣好，甚至更好。他自己最景仰的作家便是契柯夫。卡佛的文字簡練有詩意，人物對白極爲精準，他從不費力描述人物的心理狀況，只讓他們自己說話，文筆帶有極簡主義的現代風格，小說人物不管處於多麼荒謬古怪的人生時刻，彷彿都對自己的命運毫無所知，或毫不在乎。

短篇小說大師卡佛有一個寫作「頓悟」，那是在一九六〇年的一個週六下午，他那時在愛荷華上大學，必須照顧兩個孩子，去自助洗衣店洗衣服，每台烘乾機都有人在使用，而孩子等著他回家，他目不轉睛地盯著每一台烘乾機，直到其中一台停止運轉，但衣服的主人遲不來收取，他暗自決定，如果再不來，他打算就把機內的衣物取出來，把自己的放進去，結果衣物的主人來了，她打開機門，摸了一下衣服，覺得不夠乾，又丟了幾個銅板進去。

卡佛來自農莊工人家庭，十九歲結婚，結婚後半工半讀上大學，「因爲想寫作」，妻子十八歲，生了兩個孩子，婚姻極不幸福，兩人經常拳打腳踢，暴力相向，長年爲經濟壓力所苦。寫作開始成名後他卻酒精成癮，戒癮期間

痛苦無比，離開醫院又開始喝，事實上他的身體沒有酒精便無法負荷，當他受到美國文壇推崇，並遇到知音伴侶時，卻活不到了五十歲。而他年輕時一心要買一艘船去釣魚，買兩輛車其中一輛是賓士。他可以買時，卻不能駕駛了。

卡佛有兩個寫作導師，後來他寫得比那二人還出色。大學時代遇見約翰・卡德納（John Gardner），對方愛才，把工作室鑰匙交給他，讓窮學生在那裡寫作，他在那裡偷看老師的文章，盜用老師的題目，還把一樣題目的短篇拿給老師改，卡德納一行一行地改，一個字一個字地解析。卡佛後來寫出風格後，雖感謝卡德納的栽培，但也承認那樣的教法其實沒用。

第二個人是一個爭議人物高登・李許（Gordon Lish），此人本來想當作家，有一段時間當雜誌編輯，與卡佛結識，刊載卡佛的短篇，那些年幫卡佛賺了許多稿費，那時的卡佛沒有名氣，高登認爲卡佛的小說不夠精簡，有些描述過於冗贅，他經常大量刪改，奇怪的是，卡佛的小說也慢慢以高登所認同的那種極簡主義得到重視，後來李許對外公開卡佛的原稿，並稱卡佛沒有他根本不行。李許沒注意到的是，卡佛很快便學會了極簡的技巧，他後來愈寫愈爐火純青，反而李許後來自己眼高手低，沒寫出特別的作品。

雷蒙．卡佛這個名字已經是一個寫作風範，很多作家喜歡甚至無意識地模仿卡佛，德國新銳作家如尤荻特．赫爾曼開始寫作便是受卡佛影響，日本作家像村上春樹也極推崇卡佛。雷蒙．卡佛陪伴我很多年，我讀卡佛，在他的作品裡看到他的人生，也看到自己的人生。

雷蒙．卡佛 Raymond Carver, 1939-1988

被譽為自海明威以降最有影響力的美國作家之一，一般將他的文字歸類為極簡主義。名導演勞柏．阿特曼曾將其作品改編成電影「銀色 性 男女」（原著《浮世男女》），卡佛精於冷調的敘事筆法，卻不時潛伏著隨時可能爆發的張力，深獲國內外名家的推薦及佳評。

（資料來源：時報悅讀網—延伸閱讀—當我們閱讀雷蒙卡佛）

黑腳卡繆遇見沙特大老

一九五一年，二人終於分道揚鑣。決定性的爭執終於發生了，卡繆為自由和民主的中心思想發言，但沙特堅持正義和歷史責任。

這兩個人是當代文壇傳奇人物。兩位作家、劇作家，及哲學家，一位身兼導演，另一位也是現代政治學理論家。他們二人帶動了存在主義哲學思潮，都是諾貝爾文學獎得主，不世出的天才，最好的朋友，西蒙．波娃屬意的男人。

他們是沙特與卡繆。

沙特和卡繆來自不同的生活領域，在納粹佔據的巴黎相識，那是一九四三年六月，沙特的戲「蒼蠅」在巴黎首演，卡繆來了，二人相談甚歡，彼此驚爲天人。

那時，阿爾及利亞出生的「黑腳」卡繆剛剛出版了《異鄉人》，簽下存在主義這個令人騷動的名字，而沙特這個人，卡繆早在北非便聽過並十分仰慕。沙特比卡繆年長八歲，看得出來年輕人滿是才華，在見面後，他立刻邀卡繆爲他的劇作「沒有出口」擔任導演，卡繆也歡喜地受邀，雖然成品最終沒有實現，但兩人成爲無話不談的朋友。

在後來那些煙霧瀰漫紅酒一杯接一杯的晚上，沙特總是試著要說服卡繆：你夠聰明，但我比你更聰明。卡繆也同意這樣的排名。還有，沙特是巴黎人，卡繆是「鄉下人」。

沙特確實聰明，但卡繆令人印象更爲深刻，這點沙特也知道，尤其是卡繆的男性氣質，比他高大英俊（沙特其貌不揚），非常有女人緣，讓沙特十分羨慕。沙特的終生伴侶西蒙・波娃便曾私下直截了當告訴卡繆，她和沙特的關係非同於一般男女，如果卡繆想要她，他隨時可以得到。卡繆不動心思，沙特知道此事後卻十分介意，他介意的並不是西蒙・波娃的背叛，他對卡繆不接受他的女人投懷送抱感到不解。

沙特那傾左及自由的政治思想與天生的詩人卡繆並無太多矛盾，但逐漸地，沙特的權威感使卡繆開始退縮，他開始意識到如果自己被包括在沙特強大有力的理論思想下，他將被歸納入沙特的人馬，如果他不想成爲沙特的附庸，他就必須斬釘截鐵以不同於沙特的方式重新詮釋自己。

沙特和卡繆的歧異並非在心理層次，而是在政治與哲學的範疇，卡繆很早便說，他的「荒謬」與沙特的存在主義是完全不一樣的東西，事實上，他並不那麼歡迎馬克思主義及社會主義思想，他和沙特雖都想成爲自由的人，只是卡繆尋找不同的理想。

一九五一年，二人終於分道揚鑣。決定性的爭執終於發生了，卡繆爲自由和民主的中心思想發言，但沙特堅持正義和歷史責任。對沙特，政治思想與道德哲學似乎表裡分裂，他也提自由，他在《自由之路》便談自由，這個字動輒出現，就像你我他這些詞，他無情地批判布爾喬亞的不自由，在《理性時代》那本小說中，他花了四百頁描述一個男人追求到他那「沒有用的自由」，小說的政治意義明顯過其藝術性。

做為作家，卡繆更有才華，他對人生有眞實的感受，敏感多情，尋找文學的完整深刻意義，他的風格也使他遠離政治理論的發展。他是說不過沙特，但是他更會寫。他的文學成就更高，他是天生的小說家，沙特都知道，沙特什麼都知道，他無所不知，只不過，他所知道的都不是事實。

沙特 Jean-Paul Sartre, 1905-1980

法國文學家、哲學家以及存在主義代表人物，是第一位提出「存在主義」名詞的思想家，與卡繆並列當代存在主義大師。他的思想深受現象學家胡塞爾和海德格的影響，一九四三年發表了《存在與虛無》，他的成就不只表現在哲學上，也是相當傑出的文學家，文學作品有《嘔吐》、《牆》、《自由之路》等，並在一九六四年獲得諾貝爾文學獎。

法斯賓達的寂寞人生

他是一個害羞至極的人，一個神經質的天才，善於發掘和利用別人的才華和情感。

我現在住的房子就在法斯賓達以前住過的街上。他住過的公寓現在改建成旅館，我每次走過樓下餐廳都會不自主地多看一眼，彷彿確定法斯賓達不坐在那裡，他當然不會坐在那裡，他已經死了二十二年了。

在他死後，我才搬到慕尼黑來，那時一個朋友用懷念的聲音提起法斯賓達，「啊，那個滿臉橫肉的gay！」當時的我不太理解別人對法斯賓達的崇仰。我還不知道，在靈魂最深處，我們可能和法斯賓達都有相像之處，譬如對時間消失的恐懼，更譬如，因這樣或那樣的理由對某些感情特別執著。或者爲什麼拍這樣的電影：恐懼吞噬心靈。的確，die angst esst die seele auf！

要等到這麼多年過去，我才經常想起他。肥胖，衣衫襤褸，要不老是一身黑色皮裝，性格比暴君不如，虐待人及自虐，工作狂和嗑藥者，酒鬼，自暴自棄者。可能意識到自己會早夭，拍電影的速度極快（有時快到兩週），短短三十八歲的生命拍了四十三部電影，一個拍電影拍到死的人，三十八歲看起來已像八十三歲，生前的願望是得一個奧斯卡獎，並且成爲《時代》雜誌最醜的封面人物，他差一點便做到了，但他來不及活到那一刻，便死了。

我也經常走過 Mueller 街，以前法斯賓達在這裡和一些演員搞「反劇場」（anti-theatre），小劇場現在變成一家遊樂場，平凡無奇的遊樂場。一次和一位到慕尼黑來看我的朋友驅車而過，法斯賓達在此認識韓娜・席古拉，並且要求她上台表演時聲音必須與平常講話一模一樣，我對朋友解釋。「嗯哼，」他似乎漠不關心，「聽說韓娜・席古拉還活著。」

那些和他搞電影的人大部分都還活著，其中有兩位在他死前被他逼到自殺，他先是瘋狂地愛上他的演員，之後移情別戀，當面與別人調情以羞辱舊

情人。法斯賓達在愛與死之間似乎沒有其他選擇，而電影只是在二者之間的一種生活方式，電影便是Holy Whore啊，他拍過這部電影，他也這麼警告我們。

我要等到這麼多年後才明白法斯賓達滿心的憤怒和反叛。在台灣讀大三那年，那時在火車站附近的德國文化中心放映德國新浪潮電影，使我有機會看「佩塔的眼淚」，只是未談過戀愛，看電影的形式重過內容，但是對那部電影的印象之深，到今天都彷彿歷歷在目。

法斯賓達電影談的都是受害者，故事人物總是無能躲避迫害，無論迫害者是社會或者個人，受害者必須與迫害者共生。電影其實也是法斯賓達的剪影。他是一個害羞至極的人，一個神經質的天才，善於發掘和利用別人的才華和情感，他的同情心和藝術感無法分割，他過度沉溺於戲劇表達，還有那嚴重的身體自毀，使他無法脫離毒品的控制，古柯鹼也要了他的命。

法斯賓達的朋友有一次陪他到坎城參加影展，一個晚上，法斯賓達喝掉一瓶又一瓶的威士忌，到了半夜還起鬨要別人到他房間繼續喝，平常他就過那樣的生活，只是那一夜朋友不想過去陪他，無論法斯賓達打幾次電話，他都不理，最後是凌晨三、四點了，法斯賓達走到朋友的房間用力敲門，敲門聲之大，誰也不得不開門。

法斯賓達站在門前，滿臉哀怨：你們根本不知道什麼是寂寞。

我總覺得我是那個被法斯賓達責備的人，但有時我又覺得，我自己便是法斯賓達啊。

法斯賓達 Rainer Werner Fassbinder, 1945-1982

德國電影藝術創作者，創作領域橫跨電影、電視與舞台劇，一生共完成了四十三部電影作品。一九六五年首次發表「城市遊民」及「小混亂」兩部短片，法斯賓達的創作理念傾向於無政府主義與批判精神，而他焦慮、混亂的人格也反映在他的電影作品中。

田納西・威廉的悔恨

田納西・威廉三歲時寫了第一首詩，獻給他的姊姊蘿絲，她是他唯一的星星，她是他的女戰神。

我曾經思忖過卡夫卡的內心恐懼：有一天被人無由關了起來，從此無故地挨打再挨打。名聞一時的神經科醫生奧立佛・薩克斯的恐懼也很類似：被人送進精神病院，從此便眞的瘋了。或許這是人對普遍認定的醫療制度感到懷疑，對社會體制有難以適應的不安，害怕自己因而有一天會精神崩潰。

去年，一個朋友的父親便精神崩潰，被自己的妻子送進精神病院。朋友擔心著父親，不能理解母親，不由自主地提起田納西・威廉。

我試著安慰她，也許在醫院可以得到更好的治療。「妳看過『飛越杜鵑窩』沒？」她激動地回答。「那是多久前的事，現在應該都很進步文明了吧。」我繼續。「才怪呢，昨天我去探視父親，卻在病房走廊看到幾個眼睛瘀黑的病人。」眼睛瘀黑？是呀，在德國，他們動不動便爲人做電療。

一直到讀過田納西・威廉的日記，我才知道他內心的悔恨，才知道他多麼愛他的姊姊蘿絲，蘿絲可能生得太早了，不然可能不必受那麼多苦。

田納西・威廉三歲時寫了第一首詩，獻給他的姊姊蘿絲，她是他唯一的星星，她是他的女戰神。蘿絲少女時便有精神官能症，她痛恨獨裁的父親，也無法忍受清教徒思想的母親，田納西母親看不慣女兒偏執的性態度和瘋狂行爲，向醫生求救：「做什麼都好，眞的，只要讓她安靜下來。」

他們爲蘿絲做了Lobotomie。那是七十年前葡萄牙神經科學者凱丹諾的發明，爲此還得到諾貝爾獎，這個手術是在腦上鑿兩個洞，將一小部分腦神經切開，他是在猩猩頭上做過實驗，治療精神分裂的猩猩。手術過後的猩猩多半安靜下來，不再吵鬧攻擊。

當時凱丹諾及主張這個手術的美國醫界都宣稱，手術簡單得很，就跟拔牙一樣。田納西後來在日記上寫，他去探望姊姊時簡直嚇壞了，「恐怖至極。」他從此悔恨自己當初未全力阻止手術，後來爲此寫了一本小說，批判普遍接受此治療的美國社會。

二次大戰前後，美國約有五萬個病人接受挖腦手術，很多人並不是精神分裂者，大部分只是邊緣性人格的家庭主婦，不然就是同性戀及共產黨人，甚至像十二歲的孩子無法與繼母相處，也被送去開刀，連甘迺迪總統的妹妹羅絲瑪麗也不免一劫。

凱丹諾的發明得了諾貝爾獎。六十年後，現在有人認爲此手術太不人性，要求諾貝爾獎委員會索回該獎，但是諾貝爾獎成立以來，有不少獎也頒給一些後來證實無具體成就的發現，譬如醫界早年也因爲發現癌症的起因是某種病蟲的理論，而獲得獎項。

在 Milos Formans 拍過「飛越杜鵑窩」後，便不再有醫院爲人做 Lobotomie 的手術了，隨後，抗憂和抗精神藥物大量發明，今天，服用百憂解、Ritalin 或 Xanax 等藥是那麼普及，相對手術而言，好像刷牙一樣。

抗憂藥物是二十世紀醫藥界偉大的發明，雖則如此，許多心理的病痛卻不一定是藥物所能治療，這些年來，美國大學心理分析學系也開始把禪坐冥想列入可修的學分課程。持這個理論的人認爲，許多心理病者可以透過禪坐透視自己，或許可以改變偏離的思考和行爲，可能比藥物依賴更人性。但是，若精神崩潰了還能坐禪嗎？

我思忖卡夫卡的恐懼，也明白田納西．威廉的悔恨。

田納西．威廉 Tennessee Williams, 1911-1983

本名 Thomas Lanier Williams，「Tennessee」的筆名取自於父親的故鄉田納西。是二十世紀著名的編劇家，他的劇本帶有南方哥德式風格，曾以一九四八年的《慾望街車(A Streetcar Named Desire)》與一九五二年的《朱門巧婦(Cat On a Hot Tin Roof)》獲得「普立茲文化藝術類最佳戲劇獎」。

恰特溫的游牧傳奇

質詢是活下來的藉口，因為追尋答案，你必須活下去。他一生都在質詢。

布魯斯．恰特溫的一生是個傳奇。他的傳奇常被引爲美談，譬如，當年在英國蘇富比拍賣公司擔任部門主任，有一天他辭去高薪工作，理由只是爲了校正弱視，想遵照醫生的勸告多看看地平線。

其實他到了非洲蘇丹，在游牧部落住了下來。從此成爲在沙漠上的游牧者，不想再回到辦公室。他後來在許多作品中傳述游牧的主題（*The nomadic alternative*），人類的生活是從游牧開始，也會在此結束，他還說，游牧生活是人類古老的生存記憶，當記憶甦醒時，侷限於牆壁內的定居生活將不會使人滿足。

他也說，質詢是活下來的藉口，因爲追尋答案，你必須活下去。他一生都在質詢。因寫游牧民族，而變成游牧民族。而游牧便是問神的過程，恰特溫死前皈依東正教，並在希臘島上著名的東正教堂度過生命最後時光。

他爲游牧說法，但他說的是新游牧生活，八〇年代起，他影響了許多年輕的西方旅行族群，只要是對新知和異地有興趣的人多多少少都是精神上的游牧者。恰特溫死後多年，提及旅行寫作沒有人會忘記他，也沒有人超越他。

恰特溫的傳奇始於十七歲，他那時在蘇富比拍賣公司擔任工友，看遍了古蹟名畫，逐漸對考古學有興趣，上了兩年愛丁堡大學考古系，但受不了學院氣息，開始爲蘇富比撰寫目錄和文物說明，尤其是印象派繪畫，由於文筆出色，很快便得到注意，也獲得逐漸的擢升，一直到部門主管。

在蘇丹當游牧者時，恰特溫開始爲《星期日泰晤士週刊》寫新聞報導，他採訪過英迪亞・甘地及法國名作家馬爾候（Malraux），他固定爲報紙寫稿，收入頗豐，但有一天他傳了一封電報給主編：要到巴塔哥尼亞六個月

（gone to Patagonia for 6 months）。電報上只有這幾個字，從此斷了音訊，再也沒發過稿。這也是他另一個傳奇故事。後來，他寫了那本令人驚嘆的《在巴塔哥尼亞高原》。

恰特溫的《在》書中，將廣闊的歷史人文背景和細緻的個人觀察融合爲一體，他只帶一把牙刷和一把魚叉在亞馬遜河上生活，寫出一則則動人的故事，和一次次高潮迭起充滿意義的旅途。

我認爲好的遊記文學應該能看出旅途與作者內在世界的關係，及該旅途對作者的影響。而我在恰特溫的書中看見自己，並想像自己的旅途。

恰特溫最好的作品之一是《歌路》。我因爲看了那本書而前往澳洲的Outback。《歌路》文體介於小說和非小說之間，不但記錄了古老人類文明，並批判白人文化的優越感。古老的從前，澳洲的原住民並沒有文字，他們有的是無字天書，那些吟唱由世代相傳，所有的路和疆界及人事物全唱得出來，我在澳洲旅行時已沒有人會吟唱地圖。恰特溫花了九個月時間在中澳洲做旅行調查，並且把歌路的來龍去脈寫出來。

恰特溫的傳奇很多，弱點也不少。他雖自稱是游牧者，但卻在英國有家有室，不屑布爾喬亞生活，卻對上流社會種種欲罷不能，與他一起到澳洲旅行的作家盧西迪有一天便忍不住說：你認識任何人是普通老百姓嗎？他不願父母知道他得的是愛滋病，他告訴他們，他被中國蝙蝠咬到了，這病沒藥可醫。他要全世界都愛他，死前還爲妻子買了他付不起的古董。

布魯斯・恰特溫 Bruce Chatwin, 1940-1989

布魯斯・恰特溫，早年在英國蘇富比拍賣公司擔任主任，但他喜好游牧與自由，認為「游牧生活是人類古老的生存記憶」，因此放棄原本都市的生活與工作，前往非洲的游牧部落生活。著作有《在巴塔哥尼亞高原》、《歌路》等報導文學。

卡夫卡爲何大笑？

他的作品是現代寓言，既寫實又荒謬，洞悉人性深處，小說架構全出自夢境。

傳記照片上看起來總是愁眉不展的卡夫卡，也有許多忍俊不止的人生時刻。

卡夫卡出生於捷克布拉格一個猶太富商之家，從小與主導性很強的父親無法相處，最親愛的三個妹妹後來都死於集中營，他就讀布拉格德文學校，被迫學習法律，二十四歲後花了人生大部分的時光在保險公司上班，他性向不明，曾愛上一位男演員，但後來與三位女士訂婚又隨及毀婚，到死前都想結婚但都遭人反對。

卡夫卡和法國文學家普魯斯特一樣敏感多才，但身體欠佳，普魯斯特患氣喘，寫作生活常在哮喘中度過，卡夫卡三十歲起經常頭痛與失眠，三十四歲後證實患結核病，抱病寫作，作品在他的時代完全不受重視，一生只寫了那麼三、四本書，最重要的作品如《審判》和《城堡》都是死後才出版，而他在死前，因自認小說寫得不夠好，竟然囑咐親友將他的小說稿全燒毀。

還好那些作品沒被燒燬。《審判》和《城堡》在出版後多年被喻爲現代文學最傑出的作品，卡夫卡也隨之被封爲現代文學的魔法師，他的作品是現代寓言，既寫實又荒謬，洞悉人性深處，小說架構全出自夢境，故事人物雖然見識廣博，卻總陷入困境，釐不清眞相。而掙扎於種種眞實卻又突兀的情節，彷彿便是人的人生隱喻，任何人的人生隱喻。

卡夫卡大笑的故事與嘉斯帕・豪瑟（Gaspar Hauser）有關。嘉斯帕・豪瑟是一個德國奇人，一八一二年被人在一處洞穴裡發現，他從嬰兒時期便被人丟棄在紐倫堡的地窖，被一個不知名的人固定丟食物餵食，不見天日獨自活到十七歲，才被人救出，從此在馬戲團及好心人家中度過，被認爲是白癡或只有四歲智力，他不會說話也不會走路，對認知宗教信仰或識字都不行，聽到音樂卻會流淚，有一天，那個餵食他的人又不期出現，把他打死。而那位領養他的主人也被毒死，據說嘉斯帕・豪瑟原來是一位大伯爵的孫子，有繼承大筆遺產的繼承權，而他的主人便是將狸貓換太子的人物。

卡夫卡在保險公司上班時，一位同事的兒子亞諾許・古斯達夫（Janouch Gustav）也寫詩，有機會與卡夫卡見面請教，他詳細記錄所有與卡夫卡的談話資料，三十年後出版了一本《與卡夫卡談話》，不管紀錄是否主觀，一般認爲是研究卡夫卡的重要資料。

亞諾許在卡夫卡的布拉格臥病期間，常常與卡夫卡深談。二人都是猶太裔，因此一次他們談到猶太人受迫害的事情，亞諾許說他母親常常幫助街坊一些受害的猶太人，因此每次走出家門都會有人來獻手吻，卡夫卡聽了之後，眼睛發出柔和的光，他說：有時我也希望在街上吻那些猶太人，但我卻恐怕他們任何人都無法忍受我。

亞諾許問卡夫卡：您感到那麼孤獨嗎？

卡夫卡點點頭。

亞諾許：孤獨得像嘉斯帕・豪瑟？

卡夫卡想了一下，大笑不止：不，簡直比嘉斯帕．豪瑟糟多了！我孤獨得像法蘭克．卡夫卡。

二人的對話令我捧腹，但笑完卻也驚覺，無論是卡夫卡式的孤獨或者是比豪瑟還糟的孤獨，都如此恐怖與熟悉。

卡夫卡 Franz Kafka, 1883-1924

十四歲開始寫作，但早期作品全被他銷毀。深受尼采、柏格森哲學影響，其作品大都用變形荒誕的形象和象徵直覺的手法，表現被充滿敵意的社會環境所包圍的孤立、絕望的個人。主要作品有短篇小說集《卡夫卡的思與言》、《變形記》、《鄉下醫生》，和三部他去世後才出版的長篇小說《審判》、《美國》、《城堡》。

波特萊爾的師父

師徒兩人相像的地方也頗多，個性陰霾不定，都有乖張癖好，都愛使用麻醉劑和酒精，都吸食鴉片，與女性的關係即依賴又複雜。

法國詩人波特萊爾（Charles Baudelaire）的師父便是美國詩人愛倫坡。愛倫坡比波特萊爾大個十歲，他們分處大西洋兩地，師徒從未謀過面，但波特萊爾以翻譯愛倫坡的小說開始自己的文學志業，他說，「不但題目相像，句子也一樣，我要寫的東西，愛倫坡二十年前便寫過了。」

愛倫坡生時便享有文名，算是得獎作家，而波特萊爾終其生是個「閒逛者」，過著悲慘浪蕩的生活，《惡之華》出版後還因詩作淫穢被判罰款。不過，愛倫坡儘管已有名氣，但生活過得絕不比波特萊爾好到哪裡，他是個酒鬼，每天惡夢不斷，總相信自己看到異象。

波特萊爾常逛妓女戶，知道什麼是享樂，愛倫坡不知什麼是愉悅，也從來沒有娛樂，他只有賭博習慣，屢屢負債。但師徒兩人相像的地方也頗多，個性陰霾不定，都有乖張癖好，父親早死，與繼父的關係惡劣至極，都愛使用麻醉劑和酒精，都吸食鴉片，與女性的關係即依賴又複雜，身體健康都欠佳，波特萊爾年輕便染上梅毒，後來摔傷頭顱得了失語症，唯一會說的字是「混帳」，愛倫坡酒精中毒過深，有時好幾天不知自處在何地，死前只說一句：上帝可憐我的靈魂！

愛倫坡個人悲劇便是他創作的主題之一，從小是孤兒，天性敏感異於常人，六歲時走過墓園曾嚇到不能動彈，從此一生惡夢，他和波特萊爾一樣被迫學習法律，愛倫坡孱弱蒼白，還一度入西點軍校，他在軍校時開始讀浪漫詩人如拜倫或雪萊，那時他開始寫詩，也因賭博欠了大筆債，離開軍校後，以寫小說維生。

波特萊爾六歲父親過世，母親隔年再嫁，波特萊爾憎恨繼父，有戀母的跡象，二十歲時已在巴黎過起頹靡生活，母親擔心他未來將不務正業，與親人說服波特萊爾前往印度，波特萊爾在途中的摩利斯島下船，待了一年多才返回巴黎，繼承了生父的遺產，過起奢華無比的生活，母親擔心他蕩盡財產，向法院申訴收回財產管理權，從此只能每月獲取生活費用，也得爲錢煩惱，二十四歲那年，波特萊爾以刀自裁未遂。

波特萊爾從三十歲起便投入愛倫坡的研究，他不但在《巴黎評論》發表長文評論愛倫坡，並且著手翻譯愛倫坡的小說作品，也許因爲詩很難翻譯，波特萊爾集中翻譯愛倫坡的短篇小說，詩只翻過長詩《鴉》；那詩在一八四五年發表，使愛倫坡在美國文壇因此一砲而紅。

「我總是在婚禮的時候哭而在喪禮時笑」，波特萊爾的詩句，巴黎的憂鬱，le spleen，我因波特萊爾才認知這個字，才知道憂鬱是多麼正常，或者多麼瘋狂。就像愛倫坡說的，「我從未眞的發瘋，除非受到心靈震撼。」我也因波特萊爾讀愛倫坡，因不喜怪異故事，沒有認眞讀，但讀愛倫坡的詩，看到他如何影響波特萊爾。

逐漸地，這對師徒讓我感到憂心。他們畢生活得辛苦，也活得不長。

他們是如何苦苦從生活中提鍊詩句出來？他們如何看盡世俗的愚昧和貪瞋？師父寫小說，徒弟翻譯，都只是爲了賺錢糊口。詩人，真的不是職業。

波特萊爾的《惡之華》是象徵主義詩作的高峰作品，也是法語文學的不朽之作，在寫《惡之華》的那些年，波特萊爾固定翻譯師父的作品，那時愛倫坡已因喪妻而更爲酒醉，他常被人發現衣衫襤褸，在森林裡遊蕩，四十歲那年，他打算從巴地摩到紐約去談點事，結果便消失了行蹤，後來便送進醫院，他沒從醫院裡出來，幾天後便死了。

波特萊爾 Charles Baudelaire, 1821-1867

法國詩人、文學家，現代派詩歌的先驅，「象徵主義」文學的鼻祖。一八四一年開始詩歌創作，一八五七年發表傳世之作《惡之花》，另有文學和美術評論集《美學管窺》、《浪漫主義藝術》，散文詩集《人工天國》和《巴黎的憂鬱》，一生致力於翻譯愛倫坡的作品，是將愛倫坡作品傳至法國的最大功臣。

愛倫坡 Edgar Allan Poe, 1809-1849

美國詩人、推理小說家，對創作有獨特的見解，主張為創作而創作，提高文學品味，發展獨特的美學理論，著名代表作有《告密的心》、《金甲蟲》、《莫爾格街兇殺案》、《亞夏家的沒落》、《失竊的信函》等。他的成就還反映在詩歌作品上，其中《鴉》的意義深遠、節奏感十足，甚至受到法國文學家波特萊爾的欣賞，是十九世紀影響美國文壇十分重要的作家。

湯瑪斯・曼的兒子

湯瑪斯・曼不但寫，且不斷寫，隨時隨地都在寫。他是有寫作紀律的作家，他是寫起來六親不認的人。

諾貝爾文學家湯瑪斯・曼有六個孩子，每個孩子都傑出有才華，但也都活在父親巨大的陰影之下，第三個兒子葛羅・曼在父親盛名陰影中活得最辛苦，他在湯瑪斯・曼死後對家人表示，他只有在父親死後那一刻才眞正活過來。

有一年開車到瑞士玩，經過Kilchberg，順路前往湯家墓園拜訪，有一事讓我印象深刻。湯瑪斯・曼與家人合葬墓園一角，而葛羅・曼生前與父親不往來，死後堅持不與父親合葬，他自己的墓碑孤單落在墓園的另一角，彷彿仍在向父親抗議。我起先莞爾一笑，認爲葛羅・曼到死都還是那個倔強的兒子，逐漸才驚覺，這位看起來滿面憂愁的終生單身漢，竟然一生與父親如此過不去，至死不罷休。

我學習德語後，重新讀湯瑪斯·曼，才開始明瞭作家與母語的關係，及其那種把事情寫清楚的風格，他絕不是輕描淡寫的作家。我認識的現代德語作家談起湯瑪斯·曼時也都說：啊，誰也寫不過湯瑪斯·曼。湯瑪斯·曼不但寫，且不斷寫，隨時隨地都在寫。他是有寫作紀律的作家，他是寫起來六親不認的人。

我也去過他在慕尼黑時代住過的夏屋，想像他當年在史坦伯格湖寫《魔山》時的心境，不准任何小孩打擾，三餐都由僕人或妻子送到房間，有時甚至不准進門，只允許把食物放在門口，早餐便喝義式蛋酒，一大早寫到下午二時，下午讀書回信，晚上聽音樂，他是一個嚴格的父親，且情感壓抑不善表達，畢生與自己的性別傾向而困擾。他是一個偉大的父親，他也是一個缺席的父親。

他的兒女都是作家，但都受到超級父親的影響。有人嗑藥，有人自殺，最小的女兒伊麗莎白曼則有戀父傾向，嫁給比父親年紀還大的義大利作家波格斯。葛羅．曼生命中好幾次發作重度憂鬱症，一度被送到精神病院長期治療。他從小自我懷疑及保有那種局外人的態度，他一直不敢發表作品也不敢對事情表態，父親的挑剔使他的自我認同問題更趨嚴重。

湯瑪斯．曼在一九二〇年的日記上這麼記錄著兒子葛羅：這小孩個性問題很大，隱瞞，不誠實，並且歇斯底里。而多年後，葛羅談及父親：嚴厲得過分，緊張，總是冷嘲熱諷，以及：我的童年只有慘酷二字可以形容。

葛羅．曼的童年不斷遷移，讀過許多寄宿學校，一生都不快樂，也對自己不滿意。他選擇研究歷史，寫了好幾本書，都在父親死後才出版，但他的歷史研究也不是沒有爭議。只研究歷史大人物，對理論毫無興趣，但他選擇歷史人物立場自相左右，如時而讚揚左派的德國政治家布蘭特，時而爲南方右派的史特勞斯，甚至智利獨裁者皮諾契說好話，他唯一的堅持是反共產主義及反六八學生運動。

葛羅．曼的姊姊艾莉卡．曼是著名的劇作家，也是最接近父親文學精神的女兒，捍衛湯瑪斯・曼的作品不遺餘力，她說，她弟弟葛羅大半生老是對她說：「我要的話，我也可以成爲大作家。」艾莉卡每次都回答：那就去寫，不要再說了。葛羅・曼一生都沒寫過文學作品。

葛羅・曼有一張悲傷的臉，他恨父親，但卻大半輩子一個人住在父親在Kilchberg的房子，他跟他父親一樣，沉默且感情壓抑，在性別問題上，他甚至不如父親，湯瑪斯・曼把情感轉移至文學，而葛羅終生不碰這個問題，終生沒有coming out。

湯瑪斯・曼 Thomas Mann, 1875-1955

出生於德國北部的留倍克市，喜愛貝多芬、華格納、莫札特、布拉姆斯的作品，並且試圖將他們的音樂精神寫進作品中。他的作品受到托爾斯泰、海涅、叔本華與尼采等人的影響，描寫情境十分細膩。一九二九年以《布登勃魯克家族》成為諾貝爾文學獎得主，《魂斷威尼斯》是他最著名的代表作品。

最親愛的敵人

金斯基是個瘋子，但要比較的話，何索應該更為瘋狂。金斯基彷彿是何索自己的原型。他們兩人都像野獸，他們是彼此的馴獸師。

「我看到他，就像在水中看到自己，」魏納．何索這麼說，「因爲他和我一樣都是瘋子。」

何索提到的人是已逝的一代德裔巨星克勞斯．金斯基，他自己則是最重要的德國新浪潮導演之一。他還活著，多年已不拍片，但在金斯基九九年去世前，將兩人的關係拍成一部紀錄片，片名叫「最親愛的敵人」，他將此片獻給他的朋友，他的演員，他的敵人，最親愛的敵人。

金斯基是個瘋子，但要比較的話，何索應該更爲瘋狂。他的電影常常觸及人性中原始野蠻幾乎瀕臨性格分裂的部分，那種電影也只有金斯基才能演，金斯基彷彿是何索自己的原型。他們兩人都像野獸，他們是彼此的馴獸師。

在合作拍了五部電影的那幾年，不但金斯基好幾次幾乎把導演宰了，連何索也忍不住持槍要射殺那暴怒成性的人，金斯基唯一對導演讚美的用語是：你這笨豬！何索也自承，有一次在電影拍攝過程中帶槍要射擊金斯基，而金斯基的狼狗阻止了這件事。

金斯基是一個演技一流的演員，有一個美麗的女兒也是影星；娜塔莎·金斯基一生最恨的人也是她父親克勞斯，她的父親一生女人無數，來者不拒，包括名女人和妓女。金斯基九九年在舊金山去世，女兒並未參加葬禮。

克勞斯·金斯基說他是自己的神，他也是自己的詩人。他是這樣的演員，當何索要他從右邊走到左邊的門，並直接走出去，這個鏡頭卻拍了兩個小時，因爲金斯基的身體總是斜著走，最後導演問天生的演員：爲何必須如此走路？演員又怒吼了：你這笨豬，難道你不拍我的臉要拍我的屁股嗎？

何索十三歲時認識當時已是詩人的金斯基，兩人一見如故，何索甚至允許金斯基一起同住在慕尼黑母親家好幾年，根據何索的回憶，那時的金斯基已是瘋子，他行爲古怪異常，譬如會把自己兩天兩夜關在浴室裡，又吼又砸，把整個浴室牆壁弄得全是坑洞，但年輕時的何索便能理解接受，他後來爲金斯基量身訂做了五部電影，金斯基賣力演出，他那懷疑及憤怒的眼神，他那身體隱藏的爆發力，他那如化身般的演技，使得何索在南美洲拍片過程中斷連連，因爲金斯基不是快把攝影師的脖子扭斷，就是差一點假戲眞做把原住民殺了，此外，兩人爲拍片方式爭吵不休，但多半是何索讓步，他似乎潛意識中也允許了金斯基的瘋狂，並認爲他影片中的人物擁有相同的氣質和心理背景。

第一部何索的電影是二十歲時在台北看的，「侏儒都是這麼長大的」，畫面影像強烈對比，「正常」人和異常人的距離，常規和法令的難忍，公雞的打鬥，都留給我巨大的印象，後來在巴黎繼續看何索的德國奇人嘉斯帕・豪瑟及金斯基系列電影，對何索尋覓和潛入人類幽暗及超越自我的題材很感興趣，何索也是我注意的導演。但他卻再也不拍電影了，要拍也只拍紀錄片。

金斯基有一張永不滿足的大嘴，他生性狂野，憤世嫉俗，他的表演精湛脫俗，只有一個缺點，中晚年後多半沉溺於自我，演出的人物和他自己相像。金斯基有得是演員的自信，那自信散發出一種魔力。

何索爲最親愛的敵人拍片，結尾是年輕的金斯基逗一隻蝴蝶玩，他以手指點帶著蝴蝶，彷彿與蝴蝶親密說話，眞是神奇的金斯基。

克勞斯．金斯基 Klaus Kinski, 1926-1991

德國籍演員，被譽為二十世紀半個世紀以來最好的演員，他流利的英語和螢幕前搶眼的表現為他贏得了許多演出機會。電影作品包括：「烽火碟影」(The Counterfeit Traitor)、「齊瓦哥醫生」(Doctor Zhivago)、「黃昏雙鏢客」(For a Few Dollars More)等。與德國導演何索合作後，更確定他在國際影壇的地位，「天譴」(The guirre: The Wrath of God)、「吸血鬼」(Nosferatu the Vampyre)、「眼鏡蛇」(Cobra verde)等都是他在八○年代的代表作品。

連舒伯特也有無聲的時候

和平已遠離了我……再也不可能安靜地活下去……每個晚上睡前，我都希望第二天再也不要醒來……

連舒伯特也有無聲的時候，不知道是哪個詩人寫的句子，也不知道是否記錯，多年來一直沒忘記。因爲我熱愛（平常已很少提及這種字眼）舒伯特的曲子，我一直在聽舒伯特，且想及他時會淚水盈眶。

舒伯特爲沉默書寫，他半數的作品躺在結凍的萊茵河上等著夏天的來臨，喬治・艾莉特這麼說。他是有史以來最具詩情的作曲家，李斯特這麼說。而貝多芬，舒伯特一生最崇拜的人，貝多芬說：是啊，眞的，舒伯特具有天才的火焰，他將對世界發出無比的聲響。

舒伯特對世界發出驚人的聲響，他留下六百零五首動人的抒情歌曲及許多協奏或變奏及交響曲。他十一歲便開始作曲，一生爲作曲而活，因爲窮困而像波希米亞那樣地活，只活了三十一年。作曲時不必動腦，讀完詩便可下筆，他譜了歌德、席勒及許多不知名作家的詩作，爲威廉・穆勒所譜之曲使他的抒情歌曲創作達到巔峰。

開始聽舒伯特是小學一年級在台北郊區中和，那是改編〈鱒魚〉鋼琴五重奏的體操時間，那旋律陪伴我生病的童年，十歲那年因病在醫院度過一個冬天，從此有一年不必做早操，一個人坐在教室裡趴在桌上，偶爾抬起頭來瞄瞄操場上做體操的同學，那時多少鱒魚從我年幼的感情之流游過！

後來我才知道像〈菩提樹〉這樣的曲子也是舒伯特寫的，大學時聽〈未完成交響曲〉，從此舒伯特永遠跟我活在一起，雖然有很多年又以聽莫札特居多，但我忘不了舒伯特。

在巴黎求學的歲月，開始聽費雪・狄斯考唱的〈冬之旅〉，然後我找到別的男中音的錄音，費雪・狄斯考真是迷人，二十七歲那年我愛上一位音質超佳的德國男人，他那時是業餘的男中音，他也唱〈冬之旅〉，我或者是因爲舒

伯特才愛上他吧，我度過許多迷戀或失戀日子，就像在〈冬之旅〉裡聽到的懺悔及苦難，那是我人生的冬之旅啊，一個人走上命定的路上，然後，有一天，遇到另一個男人，才結束那樣的旅程。

舒伯特在維也納出生，從小和父兄學鋼琴和小提琴，九歲時演奏能力便遠遠超越他們，被送去國家音樂院就讀，學校的校長便是嫉妒莫札特（謠傳他毒死莫札特）的薩里耶利，薩氏很快發現少年舒伯特的才華，認爲這孩子不必等人指導，似乎上帝已教會了他。

舒伯特一生作曲，但從來沒賺過錢，十八歲認識一個有錢人家的法律學生蕭伯，對方欣賞他的才華，遊說舒伯特放棄教音樂的工作，搬去與他同住，隨後舒伯特認識了歌唱家佛格，他們聚在一起叫舒伯特幫，舒伯特彈琴而佛格演唱，那些年算是舒伯特得意的日子，再過兩年，他成爲匈牙利貴族女兒的音樂教師，他愛上其中一個貌美女兒，爲她作了許多適合雙人演奏的鋼琴曲。

這段愛情只能是單戀，他身材五短，其貌不揚，生性害羞，好像從來沒有人愛過他，但舒伯特卻對他的女學生忠心耿耿，但可能與貴族家的女僕有染，而染上梅毒，他回到維也納，與佛格開始巡迴演唱，這便是他人生最快樂的時光，而同時梅毒發作，舒伯特致信給友人：和平已遠離了我……再也不可能安靜地活下去……每個晚上睡前，我都希望第二天再也不要醒來……

他繼續譜曲，他知道那是他唯一還活著的意義。

一些時候，思及他人生最後的日子，我便淚流。

舒伯特 Franz Peter Schubert, 1797-1828

出生於維也納，十七歲時便創作出〈F大調彌撒曲〉、〈魔王〉、〈野玫瑰〉等作品。歌德和席勒的詩作，對於舒伯特的音樂創作有很大的影響，他一生的作品有六百首之多，其中較著名的有〈未完成交響曲〉、〈聖母頌〉、〈鱒魚〉、〈冬之旅〉、〈死神與少女四重奏〉等。

你聽不聽華格納？

他聲稱自己是最德國人的德國人，他認為自己便是德國精神代表，他和後來的文學家湯瑪斯．曼都意識到個人獨特的藝術性和創造力。

他寫了像《崔斯坦與伊索德》和《指環》這樣的氣魄磅礴的歌劇作品，他參加一八四九年的革命，他流亡巴黎，他一生戀愛不斷，死前還爲了新歡與第三任妻子吵架，他的妻子是李斯特的女兒，他是賭徒，總是欠債難還，他認識了一個十八歲的王子，對方無條件愛他及支持他。

他的名字叫華格納。他聲稱自己是最德國人的德國人，他認爲自己便是德國精神代表，他和後來的文學家湯瑪斯．曼都意識到個人獨特的藝術性和創造力，也在生前感受到自我作品的權威重量，湯瑪斯．曼在被問起他離國多年，是否與德國文化脫節時，自豪地表示：我在哪裡，德國文化便在哪裡。

早在華格納時代，他便有一群樂迷，那些人鼎鼎大名，如法國詩人波特萊爾，如一代哲人尼采。晚一點還有心理學家榮格，除了可以爲他而死的巴伐利亞國王路易二世，他還有樂迷如希特勒。華格納音樂對十九世紀甚至二十世紀都影響重大，以至於有人將這個現象冠以「華格納主義」。

支持他的人爲他的作品落淚感動莫名，他的歌劇描繪的人物除了人性也具有神性，都像歷史的巨人，他的場景龐大繁複，既有德國神話的背景，也有史詩般壯麗的色彩，他擴張了德國浪漫主義的視野，加深了十九世紀末的時代精神。

討厭他的人對他批評不斷，如他帶有反猶立場的創作態度，是個自私自利的藝術家，他愛賭成性，風流也成性，他利用了很多人包括路易二世對他的同性情誼以成就自己的野心，還有，意識形態上，他的作品有階級意識，他被認定是法西斯主義者。

華格納出身窮困，但喜歡物質享受，他曾經說過，他的神經過於敏感，

所以必須活在美感、豪華和明亮的環境中，否則將難以度日。他一生並不平順，逃亡巴黎期間，雖然作品受到當時藝文界的重視，但也曾一度遭到巴黎樂界的羞辱。

你聽不聽華格納？最近便有人問我。我聽，但不常聽。與政治正不正確並無關係，只是沒辦法常聽，因爲音樂氣勢如此盛大，我必須豎起耳朵，聽他的音樂彷彿必須對微弱的自我投降，好像在聆聽巨人的腳步。我會想，也許留在卑小的空間裡當個平凡愛抱怨的人比較正常，這種所謂的正常其實也可以令人發瘋，只有華格納是會提醒我們沒有必要那樣地活。眞的沒有必要，你可以活得比自己還偉大。

英國作家王爾德在他的小說《多依安．葛雷的畫像》的對白裡則有這樣的句子：「愛聽華格納，因爲他的音樂那麼吵，你可以整齣歌劇不停地和別人說話，不會有人聽清楚你說什麼。」

華格納從小並沒有太多的音樂訓練，他自學鋼琴和作曲，十五歲時聽貝多芬的〈第九號交響曲〉，那是他最重要的啓蒙經驗，二十歲那年，也就是一八三三年，華格納寫下了他第一個歌劇《仙女》（Die Feen），但要多年後等他寫下《飛行的荷蘭人》後，才建立他所謂純粹戲劇的歌劇傳統。

當然，華格納一生的最重要轉捩點便是他在五十一歲那年遇見巴伐利亞王子，很快繼位成路易二世的歌劇愛好者，路易二世爲華格納還清所有債務，並且資助他一切的開銷，他提供了華格納歌劇製作費，甚至爲他建蓋貝魯特歌劇院，沒有路易二世，恐怕華格納的藝術會失色很多。

那貝魯特歌劇院以華格納的理想建築，只上演華格納的作品，現在由華格納的孫子管理，到今天都是歌劇愛好者朝聖的地方。

華格納 Cosima Wagner, 1813-1883

出生於德國萊比錫，十四歲才開始決心成為音樂家，之前大多投入劇本與詩的創作，十九歲時完成第一首交響曲。因巴伐利亞國王路易二世的邀請定居在慕尼黑。一八六七年，由於路易二世的援助，在德國貝魯特建蓋為了上演其樂劇的歌劇院。此後，華格納在貝魯特歌劇院接連上演他的樂劇作品。代表作品有：《萊茵的黃金》、《指環》、《諸神的黃昏》等。

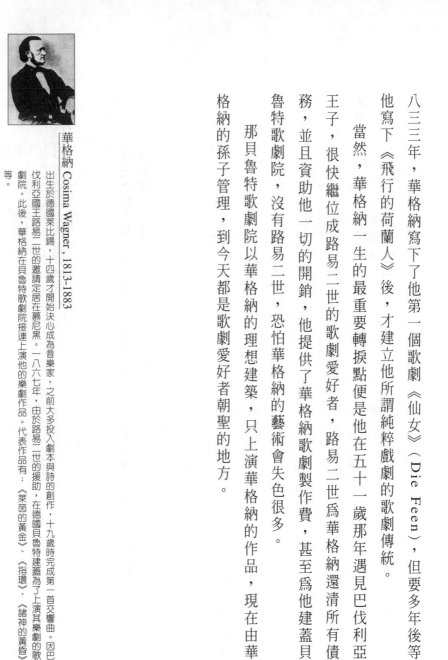

尼采在西絲瑪麗亞

他寫信給姊姊：這是全世界我最愛的地方，海拔幾千公尺，沒有紛爭，沒有壓力……

尼采在三十多歲時，心理和健康問題開始困擾他，偏頭痛使他無法寫作，他到了瑞士西絲瑪麗亞山湖區，在那裡找到靈魂和肉體的棲身地，也在那裡開始寫那本鉅著《查拉圖斯特拉如是說》。

二十四歲那年，尼采因爲瑞士巴塞爾大學的一紙聘書，成爲當時學界最年輕的希臘學教授，但教一陣子後，深深厭惡巴塞爾的小城小市民氣息，很快便打算離開。那些年，他遇見了華格納（也是他當時最愛的人），常去華格納在盧森的家中，華格納非常看重尼采年輕、激烈且有重量的思想，尼采的哲學思維也受到華格納極深的影響。

幾年後，兩人的友誼面臨極大的考驗。尼采痛恨華格納嘲笑他的若有似無的同志愛戀，而華格納的愛妻柯西瑪（鋼琴家李斯特的女兒）又不可抑止地愛上尼采，她不斷地寫情書，使華格納幾乎要與尼采決裂。

就在一八七九年，尼采帶著嚴重的偏頭痛來到瑞士聖莫里茲滑雪聖地，他原先並不喜歡當地那麼多觀光客，隨即，他在到了附近西絲瑪麗亞山湖區，立刻愛上那裡的空氣和陽光，頭痛不藥而癒，他寫信給姊姊：這是全世界我最愛的地方，海拔幾千公尺，沒有紛爭，沒有壓力……

尼采在西絲瑪麗亞與查拉圖斯特拉相遇，按照他的說法，查拉圖斯特拉向他口述了所有的故事和對話，譬如：上帝已死、理想國已不在。尼采只花了十天便把《查》書第一部分寫出來，寫完時，他還寫信給友人說：這是我寫過最好的書，從此路德（以優美文字翻譯《聖經》）及歌德都要靠邊站，我心中的靈魂之石被推動出來，這本書擲地將大大有聲。

尼采的自豪並沒有錯，《查》書也被後人推爲天才之作，但此書在當時市場反應並非如此，不但許多讀者畏之如蛇蠍，出版商也不敢多表態宣傳。

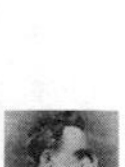

一九八一年，尼采在西絲瑪麗亞那間他租來的房子裡寫下查拉圖斯特拉這個名字後，他就重生了，融合小說、詩、散文及諷刺小品、哲學思維於一作的風格，令德國文學界望塵莫及，《查》書是爲每個人寫，也爲無人而寫，尼采從此被教會送上一個名字：反教堂，他的句子「上帝已死」在當時引起極大的轟動，到今天還不停被引述。

在山區日子，尼采每天都到湖邊散步，他文思泉湧，一下筆便不能停，憂鬱症立刻減輕了一大半，他說：「我是被這世界踢到這個角落來寫這本書。」可惜，尼采靈感泉湧般的創作只有短短數天，之後又陷入了黑暗。《查》書的其他三部分後來在不同的城市分別寫完，但尼采在這幾年當中，每年必來西絲瑪麗亞住上一段時期。

華格納從來沒機會讀這本書，因爲書問世前他便過世了，而尼采寫完《查》書第一部分後遇見莎樂美，他在見面第一次便向她求婚，莎樂美沒答應，她可能是尼采一生唯一愛過的女人。

之後，尼采因梅毒發作，逐漸陷入瘋狂，幾年後，尼采四十五歲，有一天走在街上看到一隻馱重物的馬，尼采趨前擁抱可憐的馬隻，卻被認爲行爲發瘋，從此被送入精神病院。尼采後來由姊姊照顧，活到五十六歲。

尼采 Friedrich Wilhelm Nietzsche, 1844-1900

德國跨世紀的哲學家、詩人，出生於基督教的家庭，但「存在主義」改變他對宗教的觀念，提出「上帝已死」的反基督學說，一八八三年完成最有名的哲學著作《查拉圖斯特拉如是說》，與柏拉圖、亞里斯多德、康德、黑格爾、叔本華並列為世界哲學史上重要的思想家。

參：

神啊，如果我死了，你會做什麼？

——里爾克

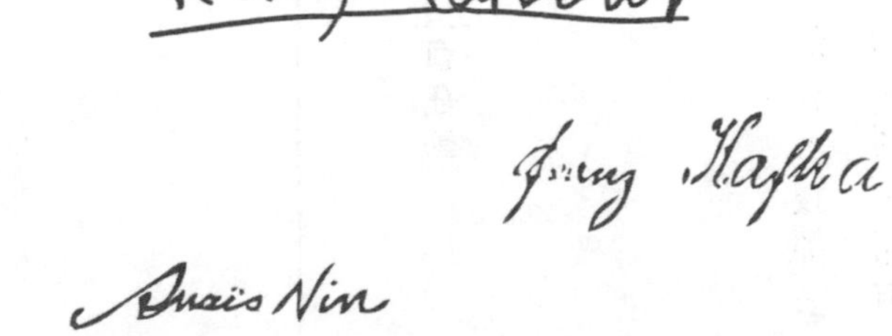

寫給一個美麗的靈魂

她跳舞，因為她悲傷。她說，因為害怕說話，所以喜歡跳舞，只有在動時可以真的感覺。

那些有關靈魂的身影一直印在心上。

那是八〇年代初的巴黎，每一年都會一整週演出碧娜．鮑許，我都去了，那時的我滿心孤獨和愁悵，一個人在絕美又憂鬱的大城市裡活著，而有人不但安慰我，也全然地喚醒我。

那個人其中之一是碧娜．鮑許。

當時我是學戲劇的外國學生，碧娜．鮑許是每個人的必修課啊，那時和很多年輕藝術工作者一樣只醉心形式的追求，把鮑許的地位列在後現代主義劇場殿堂，有時寫意識流式的散文，在心靈裡記錄及捕捉碧娜．鮑許式的舞者影像，那些身體影像讓我知道文字語言的界限，而碧娜・鮑許跨越了邊界，我被她的美感驚嚇，隨著她的舞蹈跌入潛意識裡，有關愛、身體和孤獨，尋求實現的欲望，溫柔及殘酷的欲望。

多年後，我才逐漸發現碧娜・鮑許是一個這麼美的人。不但每一個舞者，每一個人都會愛上她。我才知道那些舞碼是深沉的靈魂之舞，那是絕對的生命意象組合，而鮑許是詩人，她以舞者的身體寫詩，她創造女性形象，不管是吸血抽菸穿高跟鞋或者著長身華麗禮服，都具有一種天才般的感性，她也能把社會儀式編成蛇形運行，或者把形狀和物質映入舞作，她是那麼專注感官，她也那麼浪漫。她的靈魂之語說話時，我們看到了世界。

碧娜・鮑許的情人也是詩人，他爲她燒飯，但他們並未同居。她曾經結過婚，並且生過孩子，孩子和丈夫是同一個名字，丈夫八〇年過世，從此她又是一個人。

我以前便知道，她跳舞，因爲她悲傷。她說，因爲害怕說話，所以喜歡跳舞，只有在動時可以眞的感覺，大部分時她並不動，人非常安靜，菸一根一根地抽，咖啡一杯一杯地喝，她不多話，也很少直接回答問題，她可能要說，那就不妨跳舞吧。謝幕經常二十分鐘，她走了出來，帶著蒙娜麗莎的微笑，每個人都會愛上她，每一個人眞的都會愛她。

我看過碧娜．鮑許早年的自編自舞，那時她和現在一樣瘦和蒼白，整支舞都在咳嗽，我愛上她的咳嗽舞，有誰會編咳嗽舞？那時便看得出來，她不是一個會放棄的人，不，她永不放棄，有關愛及身體。

她的作品詮釋的都是靈魂的呼喊和感情的糾纏，因爲不放棄，所以很難割捨，整天都在工作，整天都在思考，這麼簡單也這麼複雜，你已經下去了，而一切只有愈來愈深。

一九四〇生於德國魯爾區的餐館家庭（那也是咖啡穆勒的背景），從小被送去學芭蕾，十四歲和德國編舞家喬斯學舞，之後到美國學。老師便是李蒙、泰勒或 Antony Tudor。她青出於藍。她後來在許多舞碼召喚四〇年代的童年，她的女舞者舉著手帕在舞台上踏步繞圈子，我累了，我累了，但卻繼續跑……

七〇年代末她接掌沃布塔爾舞蹈劇場，那些年很困難，觀眾看不懂她的舞蹈，但她沒放棄，她當然沒放棄，一直留在那個天色灰黑的魯爾區，現在政府每年補助近二百萬歐元，世界各地只要有舞蹈演出的地方都邀請她，她已成爲現代舞蹈最重要的名字。幾年前，我到柏林去看雲門的演出，在早餐桌上與林懷民談話，我注意到他只提起這個人的名字。林懷民或 Lloyd Newson 幾個目前在國際現代舞蹈界受到重視的編舞家都得到鮑許的精神支持，雖然他們的主題和風格完全不一樣。

碧娜·鮑許是如何和舞者編舞？她可以看進舞者的靈魂，舞者都很害怕，我們對她所知如此少，如此少……，她向舞者提問，這些提問諸如：做什麼會讓自己羞愧？如何用你的身體寫你的名字？會和一具屍體做什麼？怎麼移動你最喜歡的身體部位？當你遺失重要什麼時你的反應？

這些問題有關愛與身體，有關禁止與欲望，我有的時候也忍不住問起自己，甚至繼續問下去。

碧娜·鮑許 Pina Bausch, 1940-至今

德國現代舞蹈家，並在德國沃布塔創立「沃布塔爾舞蹈劇場」(Tanztheater Wuppertal)。她顚覆傳統現代舞的想法，認為舞蹈劇場不全然是古典或現代芭蕾的表演形式。因此她在形式上加入了劇場的對話、雜耍特技、歌劇和現代舞，並在舞台與空間設計上去強調戲劇性。阿莫多瓦的電影「悄悄告訴她」在開頭與片尾都採用她的舞作，加強片中情感的張力。

遇見布烈松

我發現他的眼光不是凝視，而是直視，他什麼都看到了，他看到的並不只是構圖，而是一個流動的生命。

回想起來，遇見布烈松那年，他已經七十六歲了。

那是八〇年代蒙馬特的一個學生宴會，那時的我在紐約打工，往返大西洋兩岸，有一個冬天寄居朋友家，一棟典型的巴黎老式建築。朋友是學歌劇的卡特琳娜，嚴格地說，她的姿色勝過音色，那時我們都是心向藝術的學生，聚在一起不是談論求藝便是感情問題，我住在她家時，她正到處做 audition，每週三天上午有個小工作，是當布烈松的模特兒。

攝影家布烈松？嗯哼，亨利，我的朋友直呼其名，原來布烈松要畫素描，幾個演員學校的女朋友都去做他的模特兒。布烈松從三十歲後便不再拍照了，他認爲繪畫才是眞正的藝術表現，攝影並不是那麼重要，他看重的是像他朋友那樣的作品，他的朋友是塞尙啊。在他過世之前，他到學校演講教書時也都是只談繪畫。

攝影對他不是那麼重要，但對別人卻是經典。而大部分的人也只記得他的攝影，很少人看過他的繪畫。

卡特琳娜要爲我接風，辦了一個派對，就是大家都坐在地板上聊天喝紅酒抽大麻那種學生派對，那一晚，布烈松也來了。

我現在回想，有誰會七十多歲去參加派對和一群學生坐在地板上聊天呢？大概只有布烈松吧。一個時代的巨擘，一個影響全世界各地攝影者的攝影家，一個 born to see 的人，就穿著毛衣盤起腿坐在那裡，不抽菸也不喝酒，和一群學生輕聲談話，我回想起來，是這種生活態度，使他活到九十六歲吧，使他總是活在眞實的現場，總能在眞實消失之前，捕捉住那永恆的剎那。

那些剎那都是屏息的一刻，我在書上讀到他這麼寫，攝影的時刻都是屏息的時刻。他是說，在眞實消失之前，身體和精神做出一體性的決定，那便是攝影。而他又說，每個按下決定快門的時刻對他而言正像性高潮。他稱之爲決定性瞬間。

亨利．布烈松安靜不多話，他看起來便像一個不苟言笑的旁觀者，冷靜客觀，他說起自己的事像談另一個人，他知道我是戲劇學生後，說起他去中國的經驗，在中國時與梅蘭芳見過面，梅蘭芳？他點點頭，梅蘭芳，他說不明瞭梅蘭芳的戲劇有多奧妙，但梅蘭芳這個人很特別。當然也提起他喜歡中國菜等等的事，並答應我要給我看他拍中國的照片。但我因爲這個或那個的理由，逐漸把此事忘了。

那時我和朋友坐在蒙馬特的公寓廚房喝著茶或咖啡，我們再也不曾談過亨利。一個人生中有好幾次處於歷史現場的人物，譬如一九四八年那一次，那是一月三十日，他在印度和甘地見面，他拿出一份現代美術館出版的攝影作品，和甘地一起翻閱，當他們翻到一張法國詩人保羅．克岱爾站在一輛葬車前的照片時，甘地嘴裡喃喃唸著：死亡，死亡。

布烈松在下午四時四十五分離開這位英雄人物，一小時不到，甘地便遇刺了。

多年後的現在，我再度回想，布烈松不但不認爲攝影有那麼重要，他也不覺得自己有那麼重要，我發現他的眼光不是凝視，而是直視，他什麼都看到了，他看到的並不只是構圖，而是一個流動的生命，他在當下感知到眞實和美感，而他的感知如此純粹和完整，令人震撼。他是一個活在當下的人，他是一個禪者。

而那時的我只知道「追求」藝術，而不是體會藝術，更不知道生活態度影響著一個人的生命，如果你靜不下來，你便看不到更多，我矇矇然坐在亨利面前，只追問他梅蘭芳的事。

布烈松 Henri Cartier-Bresson 1908-2004

出生於巴黎東方小鎮的一個中產階級家庭。一九三〇年代，原本習畫的布烈松開始嘗試攝影。二次大戰後，他成為馬格蘭攝影通訊社 (Magnumphoto agency)的創辦人之一。一生堅持只拍攝黑白照片，並跨足電影與藝術創作，是跨世紀最具影響力的影像製作者。

像馬爾他那樣活過

他一直在尋找一個伴侶，但卻死命迎向孤獨的召喚。

神啊，如果我死了，你會做什麼？

——里爾克

十九歲讀里爾克的《馬爾他手記》，深深被那詩意和所傳達的孤獨情境所吸引，那是一本有關童年和死亡之書，那是一本有關疾病和墮落之書，一本有關漂泊和孤獨之書，我在新潮文庫出版的中譯本上密密麻麻地畫線，把書一讀再讀。

然後，我帶著像馬爾他那般的孤獨感到了巴黎，我走過美麗宏偉的建築、紛嘈的人群、墓場和醫院，就像馬爾他那樣在巴黎遊蕩，《馬爾他手記》無形中成爲當時我的精神導遊。我經過羅丹的房子，知道里爾克曾經擔任他的私人祕書，我去過里爾克住過的小閣樓，他漫遊的塞納河邊。

其實我無意這麼做，但我所做過的許多事今天看起來都好像爲了靠近他。我去過里爾克出生的布拉格，去過維也納、林茲、柏林、德勒斯登、不萊梅和瑞士，我去過高加索和義大利，我學了法文和德文，我住在他又愛又恨的城市慕尼黑。我開始讀莎樂美。

因爲里爾克，我一直相信孤獨是美好的，我不怕過那種生活，因爲只有孤獨才會使我們長大，更大。我含淚度過年少那些漂泊的生活，在火車上飛機上或行走的路上揣摩眞實和美感的表達及互換，我像馬爾他那麼悲傷，我眞的像，在心靈深處，我一直是個少年，我有一張受過傷害的痛苦之臉。

里爾克一八七五年出生於布拉格，他的父親是失意不得志的軍官，母親出身貴族，有點矯揉做作，里爾克與父母相處困難，從小被男扮女裝，長大後被迫讀軍校和商校，他的文學志業始於慕尼黑，他在那裡開始發表詩作及認識莎樂美。

那時他二十二歲，莎樂美三十六歲。莎樂美拒絕了尼采的求婚，嫁給李保羅，但一直都保持自由單身的性格，不喜婚姻的拘束，里爾克在一群文友前讀他的詩作《基督的視野》，莎樂美愛上那些詩，她也愛上里爾克。

里爾克爲莎樂美搬去柏林，與她去義大利旅行，他甚至陪伴莎樂美夫妻到俄羅斯，他愛上東方的神祕主義和大自然，他終生與莎樂美維持了最親密的友情。後來莎樂美與他分手，擔心他會走上尼采瘋狂孤獨之路，或者會自殺，幾年後又復合。

里爾克不像尼采那麼虛無，他尋求神的眷顧與至愛，但卻苦於無法感受神和愛的回報，他因此成爲他自稱的「無命運」之人，他逃避命運，也迎向命運。莎樂美帶他到佛洛伊德那裡，希望他能接受大師的精神治療，但里爾克卻擔心精神治療會影響他的創作，對此事不積極。

里爾克一輩子無法經濟獨立，他的漂泊生活都在高級旅館和頭等車廂中消磨，起初是家人後來是出版商，最後便是一群公主和貴族，他們供養他，提供城堡和交通工具，他們想留住詩人，以便在沙龍聚會時可以炫耀，那時這些貴族比庶民更有文學修養，他們眞心愛里爾克的詩。大雕刻家羅丹也看上他的才華，但他並不了解詩人的憂鬱和恐懼。

這些人當中只有莎樂美和土恩泰西女公主瑪麗與他有生死不渝的交情，他結過一年婚，生了一個女兒，有好幾次戀情，他一直在尋找一個伴侶，但卻死命迎向孤獨的召喚。

從里爾克身上，我可以覺知生活與偉大作品之間存在的那種古老敵意。這些年，我逐漸不再那麼悲傷和憂鬱，我仍然常讀里爾克，但那個內心深處的受傷少年已逐漸轉過身了，我已離開陰影，面對陽光。

里爾克 Rainer Maria Rilke, 1875-1926

德國傑出的小說家以及詩人，他遊歷歐洲各國，曾旅居義大利、斯堪地那維亞以及法國等。詩集作品有《時間之書》、《杜英諾悲歌》、《給奧費斯的十四行詩》、《新詩集》、《生命與歌》、《形象之書》等，小說作品有《上帝的故事及其他》、《最後的人們》、《馬爾他手記》。為了創作，他奉獻自己的生命於藝術，並追尋一種不朽、無人可比擬的語言與藝術的世界。

柯恩在紐約的那場演唱

柯恩是一個愛情的乞丐與音樂的先知，祈求著神聖及神祕愛情的揭知，
就像饑渴者渴求水，柯恩把他對真實的渴求化入一首首愛的呼喚。

現在我是影子
我巴望著邊境

——This is for you, 1956

第一次聽里奧納．柯恩的歌，是我二十出頭在巴黎的日子。那個失戀的冬天，我孤單而憂懼，在大城市裡常常迷路，除了上學，就是把手上的柯恩錄音帶一遍又一遍地聽，我靠著這些歌曲入眠，一醒來又繼續聽。

我在聽了幾年後才明白，那些歌具有所有完美的元素，而柯恩是一個愛情的乞丐與音樂的先知，祈求著神聖及神祕愛情的揭知，就像饑渴者渴求

水，柯恩把他對眞實的渴求化入一首首愛的呼喚。

柯恩一九六八年時尚沒沒無名，他從加拿大來到紐約，剛剛在希臘小島住過一段時日，對擁擠的人潮很不習慣，他當時認爲要唱歌作曲必須去Nashville那種地方，他認識一些住在紐約的歌手，譬如妮可或朱蒂・柯林絲，他想爲她們作曲，或與她們合唱，柯林絲一聽柯恩唱歌便被他的旋律打動。但柯恩跑回蒙特婁去了。

幾個月後，他從蒙特婁打長途電話給柯林絲，他在電話裡唱那首著名的〈蘇珊〉（Suzanne）。〈蘇珊〉是一首無論詩感或旋律都美得驚人的歌，「那是感官上的無比震撼。」柯林絲說，不久後她開演唱會，邀請柯恩來做特別來賓，柯恩專程來了，他穿了一套西裝，坐在椅子上彈起吉他，他非常緊張，柯林絲看得出來，從後台瞥見他撥動弦線的手顫抖如落葉，他唱了〈蘇珊〉，唱到一半，他手從吉他上放了下來，「我唱不下去。」他便下台了，觀眾全瘋了，他們愛上那首歌，並且以爲柯恩的演唱是最前衛的表演風格。

應該說柯恩一曲成名，但那時他的詩已經寫得非常好，不但如此，他的

小說也很有名氣，有人將之與喬哀思和亨利．米勒相提並論。他的歌詞愈來愈凝聚成遊走吟唱詩人該有的樣子，其中如Birds on the wire, Story of Isaac幾首使他成爲樂壇的邊緣者和先行者，一個沒有國度疆界的世界音樂公民，他那低沉而陰鬱的歌聲安慰了多少孤寂的靈魂。

從我的舌上取走渴望吧
這雙手做過的
無謂事情
讓你的美麗在我面前崩潰
就像你曾在愛過的人那裡一般

——New skin for the old ceremony, 1975

我的丈夫十四歲起就聽柯恩，那時他情竇初開，愛上一位年紀比他大一倍的女人，失戀的他也是一個人聽那些歌。我們認識的第一天，他寫信給我引述柯恩的歌詞，結婚後的那些年，我又開始聽起柯恩，並且把柯恩的歌曲編入我改編自渥夫的舞蹈作品「奧蘭朵」。那時我住在另一個歐洲城市，比較不出門了，也因此不常迷路。柯恩雖不是他自己所形容的「窮途潦倒」的人，但他離開了他的歌手愛人瑪莉安，並且吸毒酗酒，被送進了戒毒院。

之後是一九九五年，柯恩六十一歲，他住進南加州 Mount Baldy 禪院，他沒有作曲的計畫，每天爲垂死的師父熬湯做司機，「就像做一名精神大海中的海員，我享受嚴格的紀律，」我看著 BBC 的紀錄片，想著他說的每一句話，「過了一陣子，我想這太瘋狂了。」但他沒放棄他的禪修，他只是搬出了禪院。

柯恩永不歇息，從無定居。那是爲什麼他任何時期創作的歌都耐人尋味，他追求眞理和愛，所以他靠近神，他把他那無法吶喊出來的渴望和嚮往編成一首首的情歌，那些渴望如此眞切和動人，使柯恩沉入音樂的宇宙，並因此保有了一個永恆的位置。

里奧納・柯恩 Leonard Cohen

加拿大詩人、作家以及歌手。一九五六年柯恩還在大學時就出版了第一本詩集《讓我們比擬神話》(*Let Us Compare Mythologies*)。之後嘗試將自己的詩作改為歌曲，一九六七年發行首張音樂專輯「里奧納・柯恩之歌」(Songs of Leonard Cohen)。他的作品除了詩集外，還有小說《鍾愛的遊戲》(*The Favorite Game*)、《美麗失敗者》。而他在音樂上的成就，讓他有「搖滾樂界的拜倫」的封號。

衣格史東喝醉的那個晚上

時至今日，衣格史東就是大師，每個博物館都要設法收藏幾張他的作品，或者為他辦回顧展。

我的攝影家朋友馬丁・帆爾兩年前去美國旅行時，專程去田納西拜訪衣格史東。我追問馬丁・帆爾，你們那整個晚上都做了什麼？馬丁・帆爾一直記不清楚。

問了兩次後，我爲他拼湊出大致的畫面：被稱爲彩色攝影之父的攝影大師和來自德國的年輕攝影家相約在孟菲斯的一家老酒吧見面，他們叫了一杯又一杯的威士忌。一個晚上過了，兩人都爛醉如泥，一個開車回家，另一個走回旅館。

我爲什麼追問那個晚上啊？顯而易見，我非常著迷衣格史東的作品，非常著迷，那瞬間眞實大師亨利・布烈松雖然是衣格史東早年師法的對象，但兩人的作品風格迥然不同。

衣格史東是那種用畫面思考的人，他拍照時絕不會東看西看，甚至拿出指頭做相框比來比去，他看到生活，他拍了照片，有時一張，有時兩張，照片自己會說話，他不會費勁安排。

譬如他拍廁所或浴室，又譬如他拍妓女戶牆上的燈泡，甚至某人床下的皮鞋，他是平凡大師，他可以把無奇的美國南部生活片段拍成詩，而畫面的構圖和細節如此豐富，如此幽默，如此憂鬱，如此恐怖，也如此美感。有人說他的攝影成就直追海明威的文學，但我覺得更像雷蒙・卡佛的短篇小說，當然，當然，我也非常喜歡雷蒙・卡佛。

馬丁・帆爾從小也模仿衣格史東的作品風格，那個晚上，他沒和衣格史東談攝影，但大師看過帆爾的東西，應該也會感覺得出來。馬丁・帆爾說，他嘛，還是同一個老婆，兩個兒子一個女兒，住在孟菲斯，一大堆女性崇拜者，這最後一點，他在酒吧親眼看到。

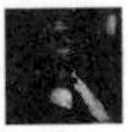

衣格史東今年六十七歲了，他和貓王普利斯萊及文學家福克納都來自孟菲斯，衣格史東在南部富庶的棉花農莊長大，他父親的業餘嗜好是攝影，也擁有那麼一部萊卡之類的照相機，衣格史東十歲開始四處拍照，那些照片都難看噁心極了，衣格史東自己說，二十五歲那年第一次看到亨利．布烈松的作品，他早期的黑白攝影也受到後者的攝影觀念影響。不過，他認爲克利．保羅和康丁斯基的繪畫對他的影響更大。

衣格史東很快將重心轉到彩色攝影，他的彩色攝影也使他立刻受到藝術界的重視，使他很早成爲紐約現代美術博物館（MOMA）史無前例展出個人攝影展的第二人，策展人史查．考夫斯基爲他的目錄寫了頌讚，他說衣格史東的作品完美無缺，他的確使用Perfect這個字，惹惱了《紐約時報》的藝評家克萊馬，克萊馬不客氣地寫了文章回擊：是的，完美，無聊至極的完美。

克萊馬的意思是，你爲何要花錢去美術館看一個人拍某人的床下（你自己便可以看你家的床底），或者一隻狗在地上的水灘上舔水，一個男人在房間裡吸塵或不做什麼走過街，一個南部婦人坐在公路咖啡館獨自喝咖啡，一個手上握著一元美鈔的長髮女孩站在售票亭前的窗口，克萊馬沒看到平凡裡的藝術，他沒看出幽默，沒看出笑話便是教訓，但克氏那類批評是在七〇年代，那個年代安迪華．荷也以不同的藝術形式嘗試類似的表達，今天沒有人會再做這樣的批評了。

時至今日，衣格史東就是大師，每個博物館都要設法收藏幾張他的作品，或者爲他辦回顧展。衣格史東和另一個光影大師安瑟．亞當斯截然不同，一個拍攝平凡，一個捕捉偉大，我和馬丁．帆爾都同意，崇尚安瑟．亞當斯的人不會喜歡衣格史東，應該不會。

衣格史東 William Eggleston, 1939-

專職攝影師，現代彩色攝影先驅，出生於美國密西西比州。他認為彩色照片是傳播藝術的最佳媒介，大學時朋友送他一台萊卡相機，之後便全心投入攝影研究。最初他嘗試黑白攝影的創作，直到一九六五年才開始拍攝彩色照片，他的作品帶有濃厚的南方色彩，輪胎、自動販售機、交通號誌、棕櫚樹等都是他曾經拍攝的題材。一九七六年在「Getty 博物館」展示他的個人攝影作品，目前居住在孟菲斯，並且持續創作。

普魯斯特的情感生活

普魯斯特的情感生活其實非常貧瘠，他愛的人幾乎都不愛他，唯一讓他有戀愛的感覺的人第二天就死於飛機失事。

還沒到巴黎讀書前，總有人向我提起普魯斯特。剛到巴黎時，就住在十六區 Autuil 附近的單人房間（舊式建築閣樓頂樓改建的單人公寓），租我公寓的人是一位名校大學生，他來自普羅旺斯，父親爲他很早就在巴黎購置了一棟公寓，這位男生便是普魯斯特迷，他偶爾上樓來敲我的門，要我下樓參加他的派對。

是他常常跟我提到普魯斯特。他開車時說，喏，以前普魯斯特在這兒上中學，喏，那是普魯斯特姑媽的房子。從他那裡，我知道了許多普魯斯特的人生細節，譬如，因失眠怕吵，一度把他住的房子牆壁全緊緊貼滿栓木，譬如，後來許多作品都在病床及哮喘中寫成。以及，他愛披圍巾和喝香檳酒，但這後二點因巴黎時日久遠，有點記不太清楚。

我的朋友愛屋及烏，那時的我已在寫作，有時把作品隨手翻譯給他聽，他都說，聽起來有普魯斯特的文字味道。其實並沒有，我那個時候和現在都這麼告訴他，其實完全沒有，我怎麼寫得像普魯斯特？

但那些年我的確讀普魯斯特，也喜歡讀。我試著從他的小說了解他當年在巴黎的生活，這又譬如，我因爲他也常吃瑪德蓮娜蛋糕，但當時我並不明白瑪德蓮娜蛋糕的滋味爲什麼使他寫了十幾頁或三十幾頁，而多年後我才明白，他是在寫作中回味，他只是藉著瑪德蓮娜蛋糕的滋味回憶，那味道喚醒他的記憶。

而且一旦他躺在床上寫作，他的生活剩下的都是他以前的經驗和記憶，他只能寫，那也就意味著，他只能回味生活。他的想像力如此豐富，他的感覺也如此細緻綿延，他所回味的他的人生，能夠召喚多少靠近文學的靈魂？

兩年前，我津津有味地讀著亞蘭・德波東寫的《普魯斯特如何影響你的

人生》，按照德波東的說法，普魯斯特的情感生活其實非常貧瘠，他愛的人幾乎都不愛他，唯一讓他有戀愛的感覺的人第二天就死於飛機失事。我驚訝之餘，開始讀起一些別人寫的傳記。

普魯斯特終生否認自己是同志，他連對紀德都不說。一九一〇年曾經有記者報導他和美男子都碟談戀愛，使他氣急敗壞。他對自己的身分和性別問題非常清楚，但是他不願意公開。

普魯斯特其實並不喜歡gay，他喜歡的是直男（straight man），他年輕時喜歡黑眼留小鬍子的藝術家男子，那時他喜歡的男子都跟他自己有點相像，後來他開始喜歡一些嚴格說都應該算異性戀的男人，那些人來自下層階級，絕大多數都是因爲金錢才多多少少陪伴他，那些人永遠是傷他最深的人。

這就要提到那位叫亞爾菲德（Alfred Agostinelli）的男子了。他來自法國南部的摩納哥，一九〇七年曾擔任普魯斯特的司機，普魯斯特愛上他後，亞爾菲德便帶著他那長得滿醜的女友搬至普魯斯特的公寓，普魯斯特不但要照料二人的生活，還必須提供他們全家大大小小的生活費用，亞爾菲德有一天帶著女友不告而別，就像普魯斯特小說的內容。

普魯斯特絕望地找上男子的父親，要父親告訴那位只對速度有興趣的兒子，他願意為他買勞斯萊斯和飛機，普魯斯特花盡錢財也想把他找回來，一天都好。

但是亞爾菲德並未再與普魯斯特見到面。說來詭異，他以普氏小說的男主角之名「史汪」登記去學開飛機，但卻把飛機開入地中海底去了。

普魯斯特 Marcel Proust, 1871-1922

出生於巴黎，一九五四年完成《追憶似水年華》全七部，以獨特的藝術形式，突破當時傳統寫作的模式，表現出文學創作上的新觀念和新技巧，不僅被視為西方意識流小說的先驅，亦是二十世紀西方最重要的小說家之一。

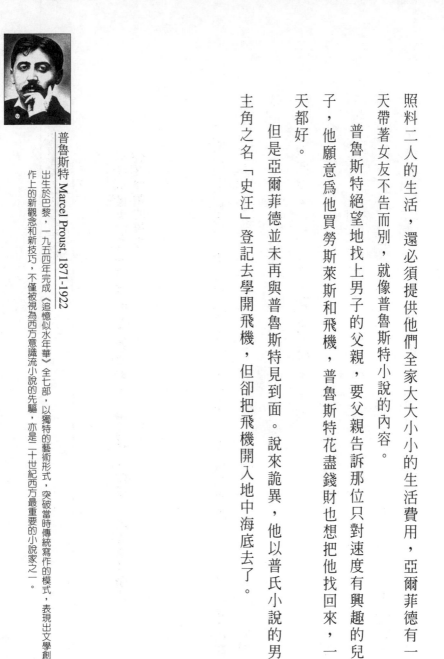

作家妻子之死

契兒塔最大的悲劇是做為大作家的妻子，她有認同危機，她的陰影便是費滋傑羅的聲名。

「他們那麼動人，那麼亮麗登對，令所有的人羨慕驚豔。」一個至今仍存活而當年參加過紐約上城派對的老人家回憶。「他們創造了二〇年代，他們就是二〇年代。」《紐約時報》如此懷念這兩個人。「我們如處黃金時代，一路快樂地回家。」契兒塔．費滋傑羅則這麼寫。

契兒塔．費滋傑羅正是美國作家史考特．費滋傑羅的妻子，她也是作家在撰寫《大亨小傳》時的繆思。費滋傑羅從普林斯頓大學退學之後，很快便以小說揚名立萬，他當兵時認識南方美女契兒塔，二人陷入熱戀，契兒塔二十歲嫁給費滋傑羅，當時費滋傑羅在文壇前途無可限量，既有才華又有財富，契兒塔堪稱才貌雙全，結婚後立刻成爲那個時代最受矚目的一對。

僅僅二十年不到，這一對金色夫妻逐漸由輝煌走入毀滅。費滋傑羅酗酒過度，四十四歲便死於心臟病，而契兒塔三十四歲那年三度精神崩潰，從此便以精神病院爲家，死時也不過四十八歲。

外界對契兒塔的印象是「費滋傑羅那瘋癲及花癡的妻子」，主要多半是因爲海明威。海明威和費滋傑羅在二〇年代都住過法國，兩人本來有些交情，海明威在《流動的饗宴》（*A Movable Feast*）一書中敘述過他對這一對夫妻的印象，他把契兒塔描繪成一個「有一對鷹眼，和一雙永不滿足的薄唇，她和你談話時眼光總是游離到他處……的女人」，一個不愛費滋傑羅的女人，海明威在書中毫不隱藏他對契兒塔的厭惡，認爲她喜好聲色享樂更甚於丈夫。

海明威對契兒塔的看法不甚公平。應該提的是，契兒塔的女性氣質與海明威的男性陽剛完全對立，她認爲海明威是一個裝腔作勢（poseur）的人。然而其實，費滋傑羅和契兒塔性格中都有極端及不可自拔的一面，甚至有同性戀的傾向，費滋傑羅經常在酗酒後騷擾別人（譬如盤問別人性生活細節），而第二天酒醒又大清早打電話道歉，與契兒塔想把衣服燒掉卻把房子燒燬的行徑相較，嚴格說都有心理困擾，費滋傑羅外遇不斷但卻深怕與契兒塔離異，爾後，費滋傑羅酒精成癮，寫作生涯也步下坡，而契兒塔則走上精神分裂之途。

契兒塔才氣十足，也出版了幾本書如*Save Me the Waltz*。她人生問題之一便是人格受到費滋傑羅的壓抑。費滋傑羅在作品中大量引用契兒塔的日常用語措辭，他記錄契兒塔與他的談話內容，卻堅持一切與契兒塔無關，甚至表示二人共同活過的記憶都屬於他個人所有。

契兒塔顯然在這個問題上過不去，在旅居歐洲時便到處做心理分析，絕大部分的心理分析醫生沒聽懂她濃厚美國南方口音的英文。據說榮格（他從不公布病人的資料）建議契兒塔畫畫和學跳舞，還有人崇仰費滋傑羅的作品，嚴格禁止契兒塔寫作。契兒塔的畫作看起來像夏卡爾，但總少了一點什麼力量，她滿會跳芭蕾舞和爵士，但還來不及在這方面有成就，她就瘋了。從此，二〇年代便陷入一個失落的年代。

契兒塔最大的悲劇是做爲大作家的妻子，她有認同危機，她的陰影便是費滋傑羅的聲名。環顧她的一生故事，有兩個耐人尋味的疑問：如果費滋傑羅沒有她，他的創作風格是否不同？如果她不嫁給費滋傑羅，她是不是就不會發瘋，而且在寫作上有更大的表現？

契兒塔・費滋傑羅 Zelda Fitzgeald, 1900-1948

一九二〇年與作家史考特・費茲傑羅（F.Scott Fitzgerald）相戀結婚，契兒塔求學期間就對文學創作有很大的興趣，婚後以先生的名字出版了多篇的小說作品，一九三二年時公開發表她的自傳小說 *Save Me the Waltz*，但婚姻生活的不順導致她患有精神分裂症，一九四八年病逝在高地精神病院。

德惠街的那些晚上

他風格多變，變化之大，幾乎有精神分裂之處，他的歌帶著那種令人狂喜又心碎的節奏，有時那麼貼近死亡。

先是在巴黎馬黑區然後是紐約下東城，八五年下半年吧，甚至之後的一些台北日子，我經常晚上在德惠街鬼混。

那是一家面對當時叫統一大飯店的迪斯可，門口沒有招牌，店名可能叫Woodstock，DJ是一個叫Gary的傢伙，我在那裡點Jin & Tonic和跳舞，我像瘋子般地跳個沒完沒了，有時會繼續和一夥人去別的酒吧，譬如一個叫水牛城的地方，有時不會，人少的時候，我會坐在那裡聽聽路・瑞德和談話頭（Talking Heads）。

就是路・瑞德的那首Walk on the Wild Side，讓我的那些德惠街的晚上有了意義。那首歌象徵著我的狂野生活，從一家酒吧到另一家，發明屬於自己的舞步，喝酒抽菸，有時吸一點大麻（但大多數時候都吐掉了），盯著旋轉的燈光，企圖抓住青春，但一閃神，青春就不見身影了。

而我總是在回味那首 Walk on the Wild Side。後來，我也經常在回味那首歌。我怎麼會不知道別人，那些男人在打什麼主意？而那些女孩又有什麼心思呢？我那時想，我的年少時光不會消逝，如果我緊緊盯著屋頂射下來的變化多端的光線，而且一遍又一遍地聽著路・瑞德。

我必須如此消耗我的體力和夢想，我並不覺得空虛或無聊，我眞的不覺得。

我只是在空虛和無聊之前，先那樣活著。而那樣的日子有一天突然便戛然而止，我從此便再也不去喝酒和跳舞了。

多少次離開德惠街時，看到不同的酒吧門口站著皮條客在拉客，多少次看到歪歪斜斜走過街的男人或女人，街上當街交媾的貓隻，對著暗巷撒尿的身影，那條街其實並不適合我，但我一樣走過，因爲路・瑞德的歌猶在耳

邊。

現在我偶爾還聽路．瑞德，還聽非法利益合唱團。看過路．瑞德怎麼穿一件黑色T恤、牛仔褲站在台上嗎？他簡直像搖滾樂的神祇，他像希臘神話裡飛向太陽的神，他根本不在乎溫度。他就是飛過去。

六○年代，當路．瑞德創辦還聽非法利益合唱團時，根本沒人注意他，七○年代起，儘管他和其他團員可能是當時最好的搖滾樂者，但從沒賣過一張唱片，樂迷也只有五百位，但路．瑞德也完全不在乎，他小時候因過動而被住在布魯崙的中產階級父母送去電療，他做過二十四次電療，之後，他什麼都不在乎了，他變成搖滾樂的神。

我回憶德惠街的日子會想起路．瑞德。他又唱又說又喃喃自語，他把紐約下東城的平凡生活唱成宗教，那些有關買賣海洛因和S＆M及陰陽人的故事，在他口中都是平凡到不行的插曲，他只是下樓和dealer見面再踅回樓上，但歌曲就是這麼動聽又這麼令人感到孤獨。

那也是七○年代初，安迪華．荷走進格林威治村的一家酒吧，路．瑞德正唱著他那歌詞內容多半是自虐和過度用藥的歌，安迪華・荷愛上那些歌，從此有一個樂團要經營，他包裝樂團，很快帶給樂團名聲和進帳，路・瑞德和安迪華・荷變成好友。不過，路・瑞德後來因爲莫里森卻與樂團分道揚鑣。

幾年前，路・瑞德娶了樂界才女Laurie Anderson，這便是Old New York Cool的傳奇，路・瑞德繼續創作，他風格多變，變化之大，幾乎有精神分裂之慮，他的歌帶著那種令人狂喜又心碎的節奏，有時那麼貼近死亡，他的歌陪我走過青春的暗巷，他的歌讓我以前在德惠街那樣活過來。

路・瑞德 Lou Reed, 1942-

一九四二年生於紐約，從十四歲便開始接觸音樂，一九六四年與鍵盤手John Cale於紐約合組「非法利益合唱團」擔任主唱兼吉他手，其粗糙、反商業體制呈現搖滾原始精神的理念，使得他們被推崇為地下音樂或非主流音樂的始祖，所發行的「Velvet Underground」同名專輯與「The Velvet Underground and Nico」專輯皆獲得《滾石雜誌》評選為七〇-八〇年代最佳百大專輯之一，路・瑞德更被後人尊為「龐克教父」。

坐在女大導演阿依安身邊

阿依安不老啊，她仍然可以把劇場弄得那麼動人心魄。

朋友從台北打電話來，提起戲劇界的種種事，突然他說：陽光劇團（Theatre du Soleil）的阿依安．慕娜斯金在台北耶，因原訂的室外演出不成，現在心情非常沮喪。沮喪的阿依安？我腦子裡回溯那些和阿依安相處的日子，卻怎麼樣也記不起她有沮喪的時刻。

那是八二年吧，在巴黎的我學戲劇表演已有一段時間，那時的巴黎是戲劇表演的重鎮，而其中謝候布魯克和慕娜斯金都是我當時景仰的導演。那時的陽光劇團正處於莎士比亞的年代，我去看時因感受到阿依安經營劇場的氣魄，而將「理查二世」看了好多遍，最後說服了阿依安讓我留在陽光劇團裡實習。

所謂的實習，只不過就在劇場當義工，可以與演員一起參加排練，最重要的是：可以每天坐在阿依安身旁，看她導戲及對演員解說。

我從來不是任何人的好學生，屬於那種「不會只服膺一種學說或學派」的人，興趣既多、方向又廣，不同人生階段趣味不同，關心的主題和形式也不同，因此在陽光劇團實習這件事也逐漸變得不重要了，但焦慮的阿依安這個畫面卻突然喚醒我許多回憶。

我也不知道那年冬天，我爲什麼非到陽光劇團實習不可。我想我被她營造的劇場氣氛吸引，應該說被她個人的氣魄吸引，被她的決心吸引，她讓我知道劇場元素的多元性，明白場面調度的時間感，她也讓我知道，演員和導演其實都是爲了舞台上的幻眞片刻而活。而幻眞片刻的神奇也是吸引觀眾看下去的主因。

我坐在阿依安身邊近十個月的時光。是她排「亨利四世」的時候，那時她就像現在那麼壯碩，可能有什麼脊椎問題，每天坐在一張跪式的椅子上，她常常一手抱在胸前，一手支著下巴看著演員的排戲，一陣子後，她就會大叫 oui 或 voila，整個人便往前傾，眼光似乎要燃燒起來。

說來好笑，在冗長的排戲過程中，常常她大叫起來時便吵醒昏昏欲睡的我，但是我為了那些神奇時刻居然也可以坐在那裡十個月。我從來不是那麼有耐心的人，除了幾次有機會披掛上陣，即興演出，得到阿依安的指導，除此之外，我都坐在她旁邊。她沒好脾氣，也對演員不假辭色，她對演員的指示常常只是一種譬喻，你必須聽得懂才行。她在排演時，任何演員都可以披上一些衣服道具上去試演，她看不下去就會換人，那時很多演員為了徵取把角色演好，幾乎夜夜失眠。

不排演的時刻，我在劇場油漆也在廚房幫忙，陽光劇團是一個社會主義思想濃厚的團體，那時演員都這麼說，彷彿是聖經：手到哪裡，眼睛就到哪裡，眼光到哪裡，心就到哪裡，心到哪裡，靈魂就在哪裡。

這句話純粹來說是指表演這件事，但確確實實便是社會主義的勞動思想啊。事後想來，我並不是社會主義的服膺者，我只是努力想成為那個團體的一員而已，大部分的時候我學廚房的西班牙媽媽做點菜，我還為整個團體炒過中國餐，那時的我是這麼義無反顧，一點都不覺得浪費時間，我那時還很慶幸我有機會在那裡爲劇場漆油漆呢。

在這之前或之後，我從來沒做類似的事情。在劇場也沒見過那樣有決心的人，女人。我想她影響我的不是美學層次上的東西，應該是她的靈魂。那些乘載在她壯碩身體裡的思想。

在台北備覺沮喪的阿依安，讓我感受到的是一種劇場的理想逐漸消失，這個世界已經不再是從前那個世界，難民將愈來愈多，不見得是戰爭難民，也可能便是心靈災難的難民，阿依安一直都是政治的，她做的是政治劇場，她要告訴我們，一切都是政治。生活便是政治，只是不是政客所說的那種政治。

阿依安去台北之前，陽光劇團在德國波鴻的千年館演出「奧德賽」，那個千年館受到陽光劇團由工廠改建的觀念影響，現在成爲德國最漂亮的劇院之一，陽光劇團在演出前爲觀眾煮了晚餐，還好，還有這麼多德國觀眾去捧場，阿依安不老啊，她仍然可以把劇場弄得那麼動人心魄。

阿依安・慕娜斯金 Ariane Mnouchkine, 1939-

現代藝術表演工作者，陽光劇團的編導、藝術總監與創辦人。

走進塞尚的畫室

在畫室的那幾年，他的身體已相當衰弱，天候一變便使他頹然，但他在風雨中作畫，只有油畫才能挽救他，「我必須畫下去，我必須追隨大自然畫下去。」

我必須加快，一切正在消失中。

——塞尚

我和朋友開著車子往山上走，這裡是普羅旺斯，我們要往塞尚在Les Lauves的畫室，他在那裡度過人生最後五年，他在那裡畫蘋果，他從那裡帶著畫具走去畫那座一直讓他有「小小激動」的聖維多山。

我還是比較喜歡雷諾瓦喲，朋友在走進畫室前說，她是印象派的支持者，她不會喜歡塞尚。這裡是普羅旺斯，走進畫室的兩個人中只有我喜歡塞尚，我很容易明白那種畢生害羞且與世隔絕的人，我自己幾乎就有一點那個樣子。我無法長住巴黎，我也無法和像左拉那種喜歡上流社交生活的作家來往。我也一定無法好好去畫花朵，或者去畫收藏家熱中收藏的女性胴體。

我帶著當年艾密兒・貝納爾的心情踏入畫室，「沒有人，除了我才會來這裡，你既然是朋友，讓我們一起進去。」那是一九〇四年，畫室才剛剛蓋好兩年，一切按照塞尚的建築圖，他在那年二月邀請年輕畫家貝納爾來做客。貝納爾記下那天他的所見：他們步下石梯，庭園裡好幾棵橄欖樹，塞尚從大石下取出鑰匙，右邊是一棟沉默的新房子，樓下便是畫室，他正在畫東方地毯上三顆頭蓋骨，窗台上幾顆綠蘋果……

我站在畫室裡，望著窗外的光影，瑪麗蓮・夢露等等的名人在貴賓簽名本上寫過字，窗台上仍然是綠蘋果，塞尚在這裡一筆一筆地畫著，「我必須加快，一切正在消失中。」

一八六一年，塞尚應左拉的邀請，多次與反對他習畫的父親長談，才得以來到巴黎，但巴黎生活一直不太順利，甚至一度使他懷疑自己的繪畫天分，巴黎使左拉如魚得水，卻使塞尚灰頭土臉。

塞尚和左拉中學時是同學，兩人從小要好，塞尚比左拉年長一歲，爲左拉護駕，左拉回送蘋果，蘋果很快便象徵著塞尙與靜物畫的關係，左拉外向擅長交際，塞尙內向常痛苦煩惱，對人似乎總發出不友善的訊息。

塞尙隱藏個性中的「浪漫」傾向，崇尙自然主義，他努力不以自己的好惡決定色彩的使用，但在創作和現實生活中無法妥協，只好選擇孤寂的生活，遠離人群，他的猶豫是那麼明顯，許多優柔寡斷在畫布上也顯現無疑，光雖不夠細緻，但比同時代畫家多了宏偉感，對色彩和明暗總有最精闢的分析，他以純粹的色彩實在地展現內在的感受，或者說，表現光線的繪畫可能，那與一些只捕捉表面印象的印象派畫家是不一樣的啊，朋友。

左拉一八八六年出版了一本叫《作品》的小說，故事主人翁蘭提耶是個終生無法畫出自己夢想的畫家，落魄潦倒，最終選擇自殺一途。塞尙一讀完小說，痛苦地意識到自己便是左拉筆下的蘭提耶，那個外表寒酸，一點都不體面的「外省人」，那個沒有氣魄及江郎才盡的「流產畫家」。

左拉從未理解塞尙，也不理解塞尙對虛僞的嫌惡，他不明白畫家繪畫的動機，「就算他有才華吧，但他卻沒有成爲偉大畫家的意志力。」左拉堅持他的看法，二人在小說出版後再也沒有往來。

塞尚常說他的繪畫進展緩慢，因爲大自然是以繁複的方式慢慢地向他展現精采的身姿，在畫室的那幾年，他的身體已相當衰弱，天候一變便使他頹然，但他在風雨中作畫，只有油畫才能挽救他，「我必須畫下去，我必須追隨大自然畫下去。」

我站在他的畫室裡，彷彿聽到他在喃喃自語。

塞尚 Paul Cézanne, 1839-1906

法國印象派畫家，早期遵循印象派的畫風，運用光和影的結合。到了後期，塞尚創造屬於自己的風格，著重畫面的分解與構成。他的作品開啓了表現主義、野獸主義、抽象主義、象徵主義、後期印象主義、立體主義的先河，因此被稱為「現代繪畫之父」。

文學預言家葛林先生

葛林走在時代先端，他一向是文學的預言家。

好幾年前在西貢街頭買來的葛林名作《沉默的美國人》（*The Quiet American*），一直被我當成珍品。西貢市區到處都有兒童當街兜售日常用品，《沉默的美國人》可能是一些觀光客最愛的紀念物。我的盜版《沉默的美國人》還缺了十幾頁，複印品質拙劣無比，一翻書手指便會發黑。

那是一九九八年的夏天，我在旅館輕微食物中毒，上吐下瀉，什麼地方也不能去，躺在床上兩天便把小說讀完。葛林眞是寫手中的寫手，他的書不但每本書名都取得很精采，內容也讓人欲罷不能。那時，我對《沉》書的小說技巧很佩服，唯一挑剔的是葛林小說女主人翁鳳的形象過於被動及無個性，彷彿命運和未來都繫於外國男人（英國人也好美國人也罷，對英國人雖有所愛，但要結婚只能選美國人）的手上，或者婚事或愛情都由姊姊主導，自己彷彿沒有任何想法，從來對一切都默默服從，只會服侍別人抽鴉片菸。

這是葛林對亞洲女人的印象呢，或者對整個亞洲的印象？應該說，二者皆是。那也是那時的西方世界對東方的主觀印象。就像著名法國作家米謝・杜尼耶對他的作品《星期五》的說法，《星期五》是魯濱遜漂流記的故事，對杜尼耶而言，該書要表現的便是西方世界發現了第三世界，而魯氏是冒險犯難的西方世界代表，而自從他發現星期五後，從此便必須與第三世界相處共存。

幾個月前，我爲了名攝影師杜可風去看了菲利浦・諾斯的改編「沉默的美國人」，電影改文學作品一向很難，本片也不例外，電影拍得不夠好，杜可風的攝影美則美矣，但把五〇年代隨即便陷入烽火連天的印度支那拍得太乾淨了些，看完電影我突然明白諾斯爲何要拍這個故事，那葛林是徹底的反美主義者呀！來自澳洲的自由思想導演諾斯只是想借古諷今，小布希便是故事

裡那個沉默的美國人亞當派爾，他爲了追求「天眞」的民主理想，可以踏過血跡回家擁抱愛人，認爲自己爲美國做了最正確的事。

葛林的《沉默的美國人》是一本政治愛情小說，一個今天看來充滿象徵寓言的題材（如果諾貝爾獎重要的話，葛林眞應該拿諾貝爾獎才對），表面上講一個三角戀情，而其實是批判美國政府在亞洲扶植反共勢力的不擇手段，說來，美國政府三年前在阿富汗，這兩年在伊拉克所作所爲仍然與過去一模一樣，美國人仍然是「沉默」的美國人，只是現在女兵都出面虐待美軍的階下囚。葛林走在時代先端，他一向是文學的預言家。

走在西貢街頭，你會發現，除了當年葛林常去的沙龍咖啡館（La Douce Vita）不再外，一切幾乎如舊，越南開放後，觀光客雖愈來愈多，法國殖民文化愈來愈淡，會講法文的人沒剩幾個，但是越南仍沒有什麼變化，連民主選舉都沒有。所幸，美國人眞的都走了，現在來的只打算做生意。

甘迺迪總統當年出兵越南的時代，蘇聯是史達林當政，全球處於冷戰時代最緊張的關係，美國似乎自覺有「必要」堅持其「天真」的民主理想，而現在，為了聲討唆使九一一事件的賓拉登，不但轟炸阿富汗炸死阿富汗人卻找不到賓拉登，出兵伊拉克更是師出無名，連理想都沒有了。天真的美國人追求民主和和平的手段愈來愈複雜了。

不知道，葛林若活著，會不會再寫一本《焦慮的美國人》？

葛林 Graham Greene, 1904-1991

二十世紀最具代表性的英國作家，他的作品常以天主教為中心主題，善於刻劃二次大戰後，國際間的處境與當時社會的不安氣氛，透過精緻的心理描寫，深刻的描繪真實世界。著名的長篇小說有《黑獄亡魂》、《賭城緣遇》、《權力與榮耀》、《愛情的盡頭》、《沉默的美國人》等共二十五部。曾被諾貝爾文學獎提名二十一次，高汀（William Golding）曾讚譽葛林：「人們在閱讀他的作品時，將會記得他是記錄二十世紀人類的自我意識與內心焦慮之重要人物。」

盧加諾湖、赫塞與我

赫塞那時便幫助我活下去。他使我很快知道，這個世界並不一定只是我所看到的世界。

第一次到瑞士義大利區堤契諾來時，便深受盧加諾湖（Lugano）吸引，我看過很多的湖，盧加諾的高雅和那彷彿來自原始般的安靜都是少見，然後我才發現：赫塞竟然大半生都在這裡度過。

他在這裡寫下最重要的作品，他在這裡寫詩，發掘自己畫水彩畫的才能（他的水彩畫筆調謹慎，用色感性），他在這裡畫出自己的內心風景。而盧加諾的特別正是因爲融合義大利文化和瑞士人中立和開放的態度，站在瑞士底端，遙望德法義三國。這裡有南國才有的棕櫚樹。

這麼多年後，我重新看到赫塞對我的影響。十六、七歲時開始讀赫塞，第一本是《徬徨少年時》（*Demian*），志文出版社新潮文庫的譯本，我當時在書上畫線和寫隨筆，去年，我在舊物箱裡無意中找到這本舊書，仔細讀著我當時的畫線和感想，我的天啊，那些不知是誰不知是從什麼文翻譯出來的文字，這麼多年竟然一直跟著我。我現在重新咀嚼這些德文句子，感覺這世界是多麼奇特，就像赫塞說的：每一件事情的開始都是一個魔術，它會幫助我們活下去。

赫塞那時便幫助我活下去。他使我很快知道，這個世界並不一定只是我所看到的世界。

而我曾經一度是辛克萊，後來又轉變成德密安。爾後，我也是悉達多王子，我一直是悉達多王子，赫塞在《流浪者之歌》所寫的求道過程就是我的故事，我走在那樣的路上，有時也走在別樣的路上（我總是走在別樣的路上）時，完全忘了赫塞，或者也不在乎，但赫塞爲我寫成這本書，赫塞告訴我：不要再到處問佛，妳自己便是佛。或者他這麼說：不必再尋找人生導師了，妳便是自己的導師。

我從前以爲自己在找精神導師，後來才知道，不是，也沒有，這世界上並沒有合適我的精神導師，我在找的不是明師，而是神。那麼多年的流浪或游牧的精神生活與其說是尋神，不如說是問神，所有的游牧者都是問神者，而每一條路都是離家的路，也是回家的路，我很快便不再是虛無主義者了，上帝可能不是那個又老又衰弱留鬍子的人，祂可能也不具有人的形象，但上帝並沒死，或者，上帝並不是像人那樣地死去。只有人才會死。

赫塞使我在年少時便知道追尋自我的意義和困難，他讓我明白，我的人生只能在自我實現一事完成。我也受到他的悲觀主義感染，他所處的是大戰後充斥大日爾曼思想的德語社會，而我那時活在一個靠美援度日的小島首都邊緣，我從小便不理解美式的強權和樂觀，我一向都很悲觀主義，美國文化可能太膚淺，但我也太偏激了，我沒有好好接近道家。

赫塞的盧加諾時代曾與榮格做了很長的心理分析，那便是少年辛克萊的原型，也是赫塞的童年縮影，敏感多愁，無法與大人世界溝通，也無法感受父母的愛。得過諾貝爾文學獎的赫塞自殺多次，晚年終於自殺得遂。

我常來盧加諾湖，也想在這裡住下來（我總想在很多地方住下來），不是爲了赫塞，是因爲道家思想，我不知道爲什麼，在盧加諾的湖邊，我常有那種天人合一的感受，那時，大自然不再使我感到渺小，那時，大自然使我覺得回到家。

赫塞 Hermann Hesse, 1877-1962

德國詩人、文學家。赫塞的作品受到了尼采、杜斯妥也夫斯基、史賓勒和東方佛教神祕主義的影響，在二十二歲時自費出版第一本詩集《浪漫之歌》，此後陸續發表了《鄉愁》、《車輪下》、《生命之歌》、《徬徨少年時》、《流浪者之歌》、《荒野之狼》等作品。一九四六年獲得諾貝爾文學獎，奠定其在世界文壇的地位。

日安，貝克特先生！

生命沒有緣由，生命也不知去向，你一生都這樣活過，但你記錄下來。

……

我們說了那麼多話，儘可能地說，但卻全沒一句眞話。

——貝克特

我曾經非常後悔沒把握那一瞬間，和你說話。後來我漸漸不再後悔了，因爲我知道，我說什麼都會是多餘。僅僅說那個字便夠了。我和你的相遇是一齣短齣，當然，完全的貝克特式。

那是一九八一年秋天，我走在巴黎六區的哈斯派依大道上，從學校要搭地下鐵回家，那是午後的路上，巴黎行人的步伐多半匆匆，我低著頭走路，不經意抬起頭來時，我看到，我當下便確定是你，只有你才有那樣的一張臉，你已在戲劇界變成像神一樣的人，貝克特先生？

我小聲但驚呼，我屛息地看著你，戴著一頂黑色絨布禮帽，臉部線條分明，皺紋很深，表情雖不柔和，但卻有一股說不出的精神吸引著我，你，我日思夜想的人，穿著一件風衣戴著帽子，沙謬爾・貝克特先生，你微笑了，從頭上摘下了帽子，你看著我的眼睛，bonjour!你說，我也回答bonjour!

然後，你戴上帽子就從我面前向前走了。我回頭看你的高貴無比的背影，我一直看著你，果然，你走了幾步也轉頭了，再度舉起手在額前向我致意，繼續往前走了。

我站在原地，bonjour？是啊，bonjour，日安，日安，我心裡不停地唸著，我想告訴你，我正在以法文讀Oh les beaux jours，我愛上瑪德蓮・雷諾(Madeleine Renaud)在那齣戲裡的演出，我永遠不會忘記她被埋在沙堆上的那張臉。貝克特先生，後來我也看過幾個不同導演導過這齣戲，包括彼得・布魯克。

親愛的貝克特先生，我也在不同的城市看過「等待果佗」，Endgame, Happy days，我在紐約和法國同學Anne See自導自演「無言劇」，後來我也在台灣新象小劇場導演該戲，我把「克拉普的最後錄音帶」也改編成中文譯

本，我在很多導演身上都看到你的影響，譬如美國導演賈木許早期電影，又譬如我崇尚的莒哈絲，她年輕時一些作品裡也有那種荒謬感。

一九八九年你去世時，我正在台灣導演我自己寫的劇本「戲螞蟻」，該戲由明華園演出，我明白你的虛無，神既然宣稱會來救世人，但祂何在？但我潛意識裡相信了佛教的輪迴說。我以前疑神，後來問神，現在卻有心學習侍神。我並沒有走多少冤枉路，貝克特先生，你小時候是那個因憂鬱而長期躺在床上，長大後也不太能與人長談，你通常需要幾個小時和好幾杯酒才能與人說話，你在作品裡教我用文字及情節去表達一些不必表達的東西，所有的情節和事物其實都不必表達，那便是生命的本質——空無，禪學的道理，你把這個道理用戲劇表現出來。

而你沒有多少可以讓自己快樂的才能，你曾經這麼說。你有的才能是以法語（並非母語）寫出生命的可能性，正像一九三九年你經歷的那場意外，一個流浪漢攻擊你，使你差一點喪命，病癒後你到監獄去看他，你問他爲什麼這麼做？我也不知道，貝克特先生，他回答。生活沒有緣由，生命也不知去處，你一生都這樣活過，但你記錄下來，你寫成詩，你做成戲，你在巴黎倫敦都柏林或斯圖嘉特那樣活過，你把劇本導演出來，那並非傳統的西洋戲劇手法，你是改寫西洋戲劇內容的人。

一九五三年一月五日，巴黎巴比倫劇院首演了「等待果佗」，從此，世人便知道這樣的生命內容，人們在戲裡看到自己，這齣戲成爲莎士比亞之後最常被人演出的戲碼，諾貝爾文學獎也必須頒給你，你曾經是喬哀思的朋友和高徒，但你走自己的路。

貝克特先生，我從小也是一個不容易快樂的女孩，大學畢業後便到巴黎去，只是我不能以法文純熟地寫作，也無法在巴黎長住，我喜歡默劇演員基頓更甚於卓別林，我喜歡普魯斯特的作品，愛看美國電影，也愛吃義大利麵。

我知道你葬在蒙巴納斯墓園，我還沒有去探視過你，下一次，我會戴一頂帽子去，我會向你致上最深摯的問候：日安！

貝克特 Samuel Beckett, 1906-1989

愛爾蘭編劇、小說家、詩人，一九六九年諾貝爾文學獎得主。其劇作《等待果陀》，是英國國家劇院千禧年票選「二十世紀最富影響力劇作」第一名。他的作品不僅開創現代戲劇內容與形式的新面向，同時也赤裸裸地傳達出人類生存的荒謬實相，被譽為是重新找回現代戲劇因「自然寫實主義」興起而喪失的詩意的劇作家。

旅行的女人

她們之中有人與丈夫同行，有人獨自旅行，有人離開丈夫，有人為了情人，有人為了自由，更有人為了天氣。她們在旅行中意識到自己。

男人喜歡冒險，女人喜歡旅行。冒險是肉體的，旅行則是心靈的凝視，很多旅行中的女人相信，只有離開，你才能發現，只有出走，你才會明白自我之家。

倫敦傳記博物館最近策劃一個有關女人旅行事紀的展覽，展出三世紀以來旅行中的英國女人以及作品，包括書信日記水彩素描及攝影。原來三世紀以來，有那麼多位女性對擴展疆界版圖和貿易經商並沒有興趣，但是她們走遍世界，發現自己。

這些女人多來自英國中上及高階家庭，多半受不了維多利亞時代社會風氣和家庭觀念的束縛，也不喜歡重複無聊，選擇離開島國，過起異族生活，她們不只前往義大利、東歐，她們去南美、澳洲、中國、印度或日本，她們騎馬走在撒哈拉，在金字塔前留影，她們到了中國乘坐轎子，或者在西藏剃光頭髮靜坐修行，她們在非洲照顧土著，在巴格達爲建立新伊拉克盡力，爲當地人蒐集古物成立博物館。

譬如一九一六年的貝爾（Gertrude Bell），她當時人在伊拉克，那時一些英國男性軍官和官員也在那裡從事「外交」及「軍事」事業，但只有她才與伊拉克人建立眞誠的友誼，她那些年寫信給她的兄弟，一八九二年從中東必須返回英倫時相當惆悵：我得放棄這無拘無束的自由，回到牆壁和花園了。

而氣質高雅長得有點像維吉尼亞．吳爾芙的庫明女士（Constance Gordon Cumming）從印度一路航行到中國、日本，又從西太平洋南下往澳洲，她沿途記錄捕捉心靈影像，毫不以移動遷居爲苦。一八三二年出生的柏德（Isabella Bird）甚至在一八六〇年那年直截了當地寫信給朋友：我一騎上馬背立刻覺得舒暢，我在帳篷裡反而好睡多了，只要一接近城市，譬如到檀香山或舊金山這樣的地方，我就立刻沮喪憂鬱起來。她後來到了亞洲，她繼續寫：我跟亞洲人相處兩個月後，覺得英國人的生活哲學實在太辛苦了。

柏頓夫人（Lady Burton）在一八六九年和她的丈夫前往大馬士革，她穿著阿拉伯男裝持著步槍走過沙漠，她寫日記：旅行者經常談論危險，而我喜歡狂風怒吼，因爲那總是使我憶及可貴的帳篷生存經驗。

一八二〇年的珍．迪格比（Jane Digby）是一個特立獨行的女人，她離開家和一位奧地利王子到各地旅行，幾年後又搬到大馬士革和一位敘利亞貴族男子在一起，那年輕男子年紀可以當她的兒子。而布朗絲．威克公主被當時丈夫也是未來的喬治四世拋棄，她脫離了英倫貴族生活和年輕男子一起漫遊鄂圖曼帝國，從此反而過起愜意充實的生活。

我歸納這些女人旅行的動機：復元健康、好奇、追尋理想、宗教、婚姻和醜聞。她們之中有人與丈夫同行，有人獨自旅行，有人離開丈夫，有人爲了情人，有人爲了自由，更有人爲了天氣。她們在旅行中意識到自己，她們都是先行者，甚至女性主義者。

然後當然會想起自己爲什麼旅行。當年爲了藝術去巴黎，爲了工作到紐約，爲了感情來德國，就像日本作家村上春樹說的，早年尋求脫離（detachment）母體社會，但是脫離太久，有一天就會想到要做點承諾（commitment）；於是像漂泊的旅行就結束了。

馬可波羅吃過炸醬麵嗎？

馬可波羅已成為中西文化交流的象徵。他是先鋒人物，引發多少西方人前往東方一探的好奇心。

我剛到巴黎求學時，有一次在派對上告訴別人：義大利麵和披薩都是當年馬可波羅從中國學來的。法國朋友當時都對這個說法深感興趣，其中，一個波隆納來的義大利人則當場反駁：這並沒有證據，搞不好你們的炸醬麵還是從馬可波羅那裡學去的呢。

我被他的談話內容嚇一跳。那是兩個相信馬可波羅去過中國的年輕人及民族主義者的粗略爭執，多年後，我不但已非民族主義者，且不相信義大利食物是馬可波羅將麵和餅帶回義大利的，我甚至懷疑：馬可波羅眞的到過中國？

在不同年代讀不同版本的《馬可波羅遊記》後，我的懷疑逐日加深。我也發現，學界中持有這樣的懷疑的人太多了。十九世紀英國學者亨利・玉耳便提出多項馬可波羅當年遊記裡的遺漏，如果他眞的去過中國，怎麼可能不提及這些東西：萬里長城、印刷術、婦女纏足、中國文字、茶葉等數十個當時歐洲人毫無所知的事物，德國人古登堡到十五世紀才發明活字印刷術，卻很快在歐洲被爭相重視，中國早在幾世紀前便發明了，而纏足之事也是絕無僅有的民習。

《馬可波羅遊記》是波羅於一二九二年離開中國，隨後在義大利海戰中被俘，在監獄的日子，由魯斯提契亞諾提筆而成，該書版本多流傳廣，是第一本有關中國的遊記，對中西交流的影響深鉅，也啓動後來一波波西方人來華的熱潮。

波羅是否到過中國，或者只到過蒙古，甚至長年隱居於黑海（烏克蘭或保加利亞）附近，在那裡接待他去過中國的父兄，甚至從波斯商人那裡買到幾本當時的東方導遊書（那些書就像現今的孤星牌旅遊手冊，想出外旅遊者

都會人手一本），究竟如何，事已不可考，但不可否認，要說馬可波羅去過中國，疑問眞的不少。

讀《馬可波羅遊記》，我覺得最大的問題是，波羅所提到中國的地名都是波斯文發音，難道馬可波羅只跟著波斯導遊而去，從來沒有跟任何中國人說過話？打過招呼？問過地名？何況魯斯提契亞諾還說馬可波羅通蒙漢等四種文字。第二個問題是，波羅說忽必烈派他治理揚州三年，但卻一直沒有史書提到這點。翻讀《馬可波羅遊記》揚州這一篇內容簡陋無比，草草幾行，很難令人信服。唯一提到的是他爲揚州軍隊治軍裝，但當時歐洲軍人穿甲冑，全身包一身鐵，但中國軍隊以前沒有後來也從沒有人穿過這種軍服。

馬可波羅遊記屢屢記錄中國一些城市的奇異習俗：在室女必須經過許多性經驗否則嫁不出去，一些人家男主人很歡迎客人「享用」他們的婦女，並引以爲榮，又或同性戀生活似乎普遍。遊記充斥天主教觀點，馬可波羅並非耶穌會士，出自商人世家，旅遊時理應對商機多過道德議題有興趣，不是嗎？

學者對波羅遊記最質疑之處，是他提到爲大汗協助建投石機以攻下襄陽府，這事發生於一二七四年，但波羅不可能在一二七四年前去過中國，或許是波羅父兄的故事，而波羅把它說成自己的故事？或者魯斯提契亞諾扮演今日編輯的商業考量，認爲只有這樣寫才會暢銷？

馬可波羅已成爲中西文化交流的象徵。抄來也好，誇大其說也好，引述父兄的經歷也罷，誰能口述這樣的一本書便是奇作，都是先鋒人物，引發多少西方人前往東方一探的好奇心（哥倫布和達伽馬都是他的讀者），想一想馬可波羅在熱那亞獄中踱步口述東方的時刻，那是什麼時候的事？一二九八年啊。

馬可波羅 Marco Polo, 1254-1324

出生於義大利威尼斯，一二七〇年馬可波羅與父親、叔父向元朝出發，展開東行之旅，據載成為忽必烈汗的使者。馬可波羅四十四歲時參加海戰，遭俘虜關進牢獄。在獄中口述東方見聞，由魯斯提契亞諾撰寫成《東方見聞錄》，後稱《馬可波羅遊記》，為人類歷史上最著名的旅遊行記。

小心，寫作有害健康！

若說寫作不健康，可能寫詩最不健康了。詩是最純粹的文學形式，你只能燃燒靈魂去寫，你只能孤獨地低吟。

有一天我去看病，德國老醫生問我職業，我說目前在寫作，沒想到醫生告訴我，這個工作屬於容易生病的族群，打字就比寫作好多了，打字的人比較不會生病，寫作不利健康，按照此醫生的說法，就像吸菸有害健康一樣，寫作也有害健康。

可不是，幾乎我崇尚的作家都多愁善感，身體欠佳，這譬如里爾克、卡夫卡或普魯斯特，這三個人從三十多歲起都在抱病寫作，卡夫卡甚至只活了四十年。不過，我繼續想下去，寫作可能不健康，但寫詩卻有可能致命，不然算一算，濟慈、雪萊、愛倫坡、湯瑪斯（Dylan Marlais Thomas）、韓波、克萊斯特（Kleist），還有女詩人希薇亞・普拉斯這些人為什麼都早夭呢？噢噢，這些人的詩都好得令人嘆息。

我當然也想，骨科老醫生可能隨口胡說，且我想到的那些作家都是Old Style的人，這年頭的作家和詩人不可能坐在家裡生病，他們不是忙著上電視脫口秀，不然便是搭飛機到處去演講，怎麼有時間去看醫生！

若說寫作不健康，可能寫詩最不健康了。詩是最純粹的文學形式，你只能燃燒靈魂去寫，你只能孤獨地低吟，寫詩雖可以做為職業，但這世界上幾乎沒有多少職業詩人，如果算稿費的話，寫詩的收入也最少。

那些古老時代的詩人怎麼活呢？我發現大部分的詩人都過得挺悲慘，貧困、長期失愛，一生都在尋求眞和愛，但除了在寫詩的時刻，從來沒找到過，不但無法與別人和平相處，也無法與自己和平相處，且作品都在死後才廣泛被人閱讀。

一個學術研究報告統計了各種職業的死亡原因和年紀，二〇〇〇年那年，寫詩的人平均只活了六十二歲，小說家則活六十六歲，劇作家是作家中最長壽的人，活到了六十七・九歲。

詩人會早死，因爲詩人情感密度太高，精神狀況不穩定，而寫詩必須不斷反芻自我情感，且只能孤獨工作，不但工作性質危險，現實生活也會受苦。而年輕受苦的靈魂往往寫出最精緻優美的詩，大部分的詩人年輕時期的作品都比其他時代更好；詩的代價原來便是生命。

西方傑出詩人大多有憂鬱症，雪萊從小便是「瘋子雪萊」，愛倫坡是孤兒，一生沒過過幾天好日子，死前只說「上帝可憐我的靈魂」，這些人不但酗酒也多半藥物成癮，動輒因精神負擔太大而想自殺，也不少人因自殺而死，就像普拉絲。她十歲那年，最愛她的父親過世，她只說了一句：我再也不要和上帝說話。但她寫詩。

寫詩是和自己說話嗎？或者是和你愛的人說話？不管對誰發聲，那可都是受苦靈魂的聲音，寫詩的人年輕時爲寫好詩受苦，寫不出好詩難受，如果年輕時寫了好詩，那老了又會爲寫不出好詩受罪。

看來不當詩人是對的。但問題是，寫小說或甚至寫劇本受的苦好像也並不少。二十幾歲在巴黎，有一天碰到一個寮國華僑自稱會算命，他一看我的手紋便說：寫字樓的命吶。在人生一些時候，我會覺得「寫字樓的命」可能也不錯，寫字，而不是寫作。

「跋」

他者的眼睛

明夏

陳玉慧有時讓我想到普魯斯特。他們一樣激進徹底，敏感多愁，人生充滿大膽的冒險。他們在感情中受苦及反芻，是在寫作中冒險，也爲寫作而冒險。

普魯斯特這麼說過：

一個眞實的旅途，是唯一的
青春之泉，
此泉源並非藉由新興風景而生
而是透過他者的眼睛
所看到的宇宙

而陳玉慧也有一個不老泉。她明白普魯斯特如何想望化身貴婦僕役的心情，她也那樣演練別人的眼光，擁有「他者的眼睛」。她的眼睛是流浪者的眼睛，一個現代社會裡的游牧民族，在不同的文化和精神世界游牧，總是在歐洲、亞洲及世界一隅的路上，她是台灣最獨特的作家，很可能也是台灣最多元及具國際觀的作家。她的無家之感及家／國身分認同使她的作品與別人截然不同，她的文字似乎直述著這樣的論調：不管是做這樣或那樣的民族主義者，都是單調乏味的事，不妨走看他國／族文化吧。她讓人逐漸驚覺：民族主義者原來就是文化歧視者啊。

幾年來，她仍然服膺恰特溫的言論：只有在路上，你才回到家。她的作品也可以和恰特溫比美，無論是散文、小說、劇本或評論，她堅持個人美學和觀點，而那些作品全都在路上寫成，在別人看來必須屏息，而她自己卻孤獨而行的人生中，可能是在巴黎、紐約或台北的劇場，也可能是在採訪國際元首的路途，更可能是她做爲旅人在澳洲、非洲及印度的遊蕩時分。

陳玉慧把她的人生經驗化爲一種「類電影」的寫作風格，詩意及有視覺畫面，只有她才有那種詩意的散文形式，只有她才有那樣不凡的人生，而敘述者便是她的自我靈魂，她附魂說話，那靈魂是敏捷的騎士，爲我們捕獲人生知識和情感。那靈魂爲絕對眞實和美感而受傷，並且勇敢地活下來。

與陳玉慧一起出發吧，按照她的心靈地圖，你會認識他人的故事和印證孤獨行者留下的永恆痕跡。

（本文作者明夏是德國作家、雜誌主編）

智慧田系列——強烈的生命凝視，靜默的生命書寫，深深感動你的心！

015 有光的所在 ◎南方朔 定價220元
當世界變得愈來愈無法想像，唯有謙卑、自尊、勇敢這些私德與公德的培養，才會讓我們免於恐懼。本書獲明日報讀者網路票選十大好書、誠品2000年Top100、中國時報開卷版一周好書榜

016 末日早晨 ◎張惠菁 定價220元
當都會生活的焦慮移植在胃部、眼神、子宮、大腦、皮膚、血管……我們的器官猶如被我們自身背叛了。文學評論家王德威專文推薦，中國時報開卷版一周好書榜、聯合報讀書人每周新書金榜

017 從今而後 ◎鍾文音 定價220元
書寫一介女子的情愛轉折，繁複而細膩烘托出愛情行走的荒涼路徑，全書時而悲傷、時而愉悅，把我們帶進看似絕望，卻有一線光亮的境地。中國時報開卷版一周好書榜

018 媚行者 ◎黃碧雲 定價220元
寫自由、戰爭、受傷、痛楚、失去和存在，黃碧雲的文字永遠媚惑你的感官、你的視覺、你的文學閱讀。

019 有鹿哀愁 ◎許悔之 定價200元
將詩裝置起來，一本關於詩的感官美學，一本關於情感的細緻溫柔。詩學前輩楊牧特別專序推薦

020 剎那之眼 ◎張 讓 定價200元
高濃度的散文，痛切的抒情，戲謔的諷刺，從城鎮、建築、小路、公路、沙漠等我們存在的世界一一描摹，持續張讓微觀與天問的風格作品。本書榮獲2000年中國時報開卷十大好書獎

021 語言是我們的海洋 ◎南方朔 定價250元
南方朔的語言之書第三冊，抽絲剝繭、上下古今，道出語言豐碩的歷史與文化價值。本書榮獲聯合報讀書人2000年最佳書獎

022 鯨少年 ◎蔡逸君 定價200元
新詩得獎常勝軍蔡逸君，以詩般的語言創造出大海鯨群的寓言小說，細細密密鋪排出鯨群的想望與呼息。

023 想念 ◎愛 亞 定價190元
寫少年懵懂，白衣黑裙的歲月往事；寫「跑台北」的時髦娛樂，乘坐兩元五毛錢的公路局，怎樣穿梭重慶南路的書海、中華路的戲鞋、萬華龍山寺、延平北路……

024 秋涼出走 ◎愛 亞 定價200元
原刊登於中國時報人間副刊「三少四壯集」專欄，內容環繞旅行情事種種，人與人因有所出走移動，繼而產生情感，不論物件輕重與行旅遠近。愛亞散文寫出你的曾經。

025 疾病的隱喻 ◎蘇珊·桑塔格著 刁筱華譯 定價220元
美國第一思想才女的巔峰之作，讓我們脫離對疾病的幻想，展開另一種深層思考。本書獲聯合報讀書人每周新書金榜，中國時報開卷一周好書榜

026 閉上眼睛數到10 ◎張惠菁 定價200元
張惠菁在時間與空間的境域裡，敏銳觸摸各種生活細節，摸索人我邊界。本書獲聯合報讀書人每周新書金榜，中國時報開卷一周好書榜

027 昨日重現——物件和影像的家族史 ◎鍾文音 定價250元
鍾文音以物件和影像記錄家族之原的生命凝結。本書獲聯合報讀書人每周新書金榜，中國時報開卷一周好書榜、誠品選書

國家圖書館出版品預行編目資料

遇見大師流淚／陳玉慧著－－初版.－－臺北
市：大田出版；臺北市：知己總經銷，民94
面；　公分.－－(智慧田；069)

ISBN 957-455-925-4(平裝)

855　　94017158

智慧田069
遇見大師流淚

作者：陳玉慧
發行人：吳怡芬
出版者：大田出版有限公司
台北市106羅斯福路二段95號4樓之3
E-mail:titan3@ms22.hinet.net
http://www.titan3.com.tw
編輯部專線（02）23696315
傳真（02）23691275
【如果您對本書或本出版公司有任何意見，歡迎來電】
行政院新聞局版台業字第397號
法律顧問：甘龍強律師

總編輯：莊培園
主　編：蔡鳳儀
企劃統籌：胡弘一
編　輯：李星宇
美術設計：獨力設計
校對：陳佩伶／耿立予／余素維／陳玉慧
印製：知文企業（股）公司・(04)23581803
初版：2005年（民94）十一月三十日
定價：新台幣200元

總經銷：知己圖書股份有限公司
（台北公司）台北市106羅斯福路二段95號4樓之3
電話：(02)23672044・23672047・傳真：(02)23635741
郵政劃撥：15060393
（台中公司）台中市407工業30路1號
電話：(04)23595819・傳真：(04)23595493

國際書碼：ISBN 957-455-925-4 /CIP: 855 / 94017158
Printed in Taiwan

廣	告	回	郵
北區郵政管理局登			
記證北台字 1764 號			
免	貼	郵	票

大田出版有限公司　編輯部收

地址：台北市 106 羅斯福路二段 95 號 4 樓之 3

電話：（02）23696315-6　傳真：（02）23691275

E-mail：titan3@ms22.hinet.net

＊請沿虛線剪下，對摺裝訂寄回，謝謝！

地址：..

姓名：..

TITAN

大田出版

智　慧　與　美　麗　的　許　諾　之　地

閱讀是享樂的原貌，閱讀是隨時隨地可以展開的精神冒險。

因爲你發現了這本書，所以你閱讀了。我們相信你，肯定有許多想法、感受！

讀　者　回　函

你可能是各種年齡、各種職業、各種學校、各種收入的代表，
這些社會身分雖然不重要，但是，我們希望在下一本書中也能找到你。

名字／＿＿＿＿＿＿性別／□女 □男　出生／＿＿年＿＿月＿＿日

教育程度／＿＿＿＿＿＿＿＿

職業：□ 學生　□ 教師　□ 內勤職員　□ 家庭主婦
□ SOHO 族　□ 企業主管　□ 服務業　□ 製造業
□ 醫藥護理　□ 軍警　□ 資訊業　□ 銷售業務
□ 其他＿＿＿＿＿＿

E-mail/＿＿＿＿＿＿＿＿＿＿電話/＿＿＿＿＿＿

聯絡地址：＿＿＿＿＿＿＿＿＿＿＿＿＿＿＿＿

你如何發現這本書的？　書名：遇見大師流淚

□書店閒逛時＿＿＿＿書店 □不小心翻到報紙廣告（哪一份報？）＿＿＿＿

□朋友的男朋友（女朋友）灑狗血推薦 □聽到 DJ 在介紹＿＿＿＿

□其他各種可能性，是編輯沒想到的＿＿＿＿＿＿

你或許常常愛上新的咖啡廣告、新的偶像明星、新的衣服、新的香水……
但是，你怎麼愛上一本新書的？

□我覺得還滿便宜的啦！ □我被內容感動 □我對本書作者的作品有蒐集癖

□我最喜歡有贈品的書 □老實講「貴出版社」的整體包裝還滿 High 的 □以上皆非 □可能還有其他說法，請告訴我們你的說法

＿＿＿＿＿＿＿＿＿＿＿＿＿＿＿＿＿＿＿＿

你一定有不同凡響的閱讀嗜好，請告訴我們：

□ 哲學　□ 心理學　□ 宗教　□ 自然生態　□ 流行趨勢　□ 醫療保健
□ 財經企管　□ 史地　□ 傳記　□ 文學　□ 散文　□ 原住民
□ 小說　□ 親子叢書　□ 休閒旅遊□ 其他＿＿＿＿＿＿

一切的對談，都希望能夠彼此了解，否則溝通便無意義。
當然，如果你不把意見寄回來，我們也沒「轍」！
但是，都已經這樣掏心掏肺了，你還在猶豫什麼呢？
請說出對本書的其他意見：

大田出版有限公司編輯部 感謝您！

＊請沿虛線剪下，對摺裝訂寄回，謝謝！